藤原喜久子 俳句・随筆集

鳩笛

コールサック社

俳句・随筆集

鳩笛

目次

2 ものの味

3 青葉の旅

4 鳩笛

5　秋田の自然と街並み

藤原喜久子

俳句・随筆集

鳩笛

第一章　俳句

1　緋の羽音

鷹の巣俳句会『鷹の声』より　五代儀幹雄選二十句

地より湧く蟇は平たい声ばかり

蜻蛉生る少女に制服の朝まぶし

万灯火《まとおび》一村の墓肩寄せて

雪来るか村の証しの鋳銀杏

地より湧く蟇は平たい声ばかり

この句も骨格のがっちりとした重い句である。「平たい声」は平明なうちに蟇の鳴き声を的確に把《つか》んでいる。なんといってもこの言葉を得たのは一つの手柄である。〈峡の蕗刈れば滴る水の色〉のような透明な美を多く歌うこの作者にとって、こうした量感のこもった本筋の句が作れるようになったことはよろこばしいことである。

手代木啞々子

（「合歓」昭和48年8月号）

雪つぶて民話の鬼は壺に住み

紫蘇の実は寂しきままに篭に満ち

蕗の葉で水飲む民話の水鏡

山で咲くまんさく誰も知らない日

更けて聞く祭太鼓の尾で眠り

秋ダリヤ伏しても奢る地の暮色

みそさざい新雪こぼす緋の羽音

冬星座思わず近し縄梯子

雪まぜの銭で飴買うこけし飴

飴の犬ののんののん巻尾雪やまず

満身で受けねぶた笛ちちへははへ

花屑を増やす岸辺の希いごと

北の祭太鼓丈余のバチさばき

雪吊りに冬の響きを持ちあるく

いくさ遠し青葉世界の椅子ひとつ

子を生みし地へ息けぶる雪解川

2　冬苺

水交俳句研究会合同句集『水瓶』より二十四句

火と水の祭二ン月の女文字

大佛の鼻穴ほどに晴れ弥生

かまくらをくの字に出でて月仰ぐ

篦《へら》でとぐ米透くほどに寒の雨

火と水の祭二ン月の女文字

　女が女となり主婦となり母となるとき、火は竈に燃え熾り、水は甕に深く湛えられる。二月或る日の悴《かじか》んだ手に書く文字は、あきらかに母の文字。母からうけ継がれた一筋は、形となり姿となって、ときには情炎の文字となる。

　このまぎれもなき女文字は〝火と水〟と重なり合うとき、女の生は激高し、まさに「火と水の祭」となって炎上する。その表現は短詩型の最短の距離を走って、第三者の情緒への介入も許さない。そのひたむきさは生活へ挑む強

筒鳥に抜けてゆく夢子を負うて

穂草より晩夏漂う風岬

黄葉《もみじ》して沖へいちにち肩はる木

一果に窪日和山より紅葉唄

負うた子の手のひらひらと花明り

片言の意志溢らして青林檎

靭さとなって眼前を抜けてゆく思いである。

合歓顧問
須田活雄

朝涼や桑食む音の降りしきる

色鳥の峽渡りゆく胸の音

塩出しの水へ寡黙な雪降り出す

夜食の粥不意に母音の厨水

煌として凍て川覚むる空を負う

銀色に鬼の泪の涅槃絵図

烺煙台空耳の日の黄砂降る

蛇口より母音滴る羊歯若葉

水甕を水はしり出す紅の花

放課後の音階撓《しな》う晩夏光

青あけび父の任地の没り日山

コスモスの中通る首細くして

冬苺遠きものみな紅を帯び

抱卵の鶏の幽《くら》さを抱きあげる

3 青絵皿

平成十六年度合歓年間賞作品

朝のバロック白鳥渡りくるように

群泳の鰯覚めいし月の青

台風の半円に居て青絵皿

穂芒の銀波山から漢《おとこ》くる

年間賞をいただいて

藤原喜久子

　俳句を始めたのは、遠い昔のようにも思える。秋田市から北秋田の田舎町に嫁いだのは、昭和二十年代後半のことであった。

　ある日村のお寺で、「俳星」の俳句大会があり、一寸のぞいてみるつもりで出掛けた。開け放たれた本堂の大広間を、悠然とオニヤンマがよぎり、山からの涼風がここちよかった。能代市から主宰の石田三千丈先生が来られ、都会的な風貌の方なのが、忘れがたいおもいがした。

　その後村の句会に参加する

獅子茸の香気山河に浮遊する

竜胆は誰に手折らん杣家族

ネーミング大賞あげよう秋ダリヤ

人くさき猫いる家のさくらかな

喜雨の夜の産声ほうほう父となる

雛の灯に生れし男の子を囲みいる

ようになっていた。主人が、秋田市へ出張したときに、金子兜太先生の『今日の俳句』という本を買って来てくれた。古池の「わび」より「ダム」の感動へ―と記されている。

〈果樹園がシャツ一枚の俺の孤島〉の句に出会い、よく分からないまま、強くゆさぶられたのを思い出している。

掌サイズのこの本を、繰り返し読んだ。その内容の新鮮さ積極性のある表現、秋田の若い作者の例句も多く採り上げられていた。

〈乾く橇鳴咽はいつも背後より〉師啞々子作品もこの本にあった。だんだん短詩型の簡潔さにひかれて、のめり込ん

冬兆す水母に明度やわらかし

水族館鯛は花魁顔したる

戊辰公園雄叫び彩に秋ダリヤ

野ぶどうのような夷《えみし》のまなこかな

自然薯の山に性根を置いてくる

冬欅空掃ききった樹木力

でいく。

「ちちり」という女性俳誌の指導で、唖々子先生を知り、「合歓」の会員にしていただいた。

先生宅の稲沢へ誌友と出かけては、牧草地に展ける山や空を仰ぎ、風土の体臭ある作品に圧倒されるのであった。

時間だけが過ぎても俳句への進歩は少なく、現在は雄物川河口の町に住んでいる。山国では聞くことのない沖鳴りに心を動かし、北帰行の白鳥に耳を聡くする。この度年間賞をいただき、選考下さった諸先生、支えて下さった皆様に、深く感謝申しあげます。

（「合歓」平成17年4月号）

地吹雪の野面鮫らがさかのぼる

雪竿を立てし葱穴地震《ない》ひそむ

妻恋いの土雛へ引く眉の筆

巣箱にも三寸の雪ただにま白

地吹雪の野面鮫らがさかのぼる

　鮫ら、という複数語に、作者自体も包括された生体感を読まされてくる。何も見えない地吹雪にさからって鮫らが泳いでいく。それはまた地吹雪に消された風景の中で、新たに見えてくる風景、すべてが小細工され進化されたとする風景を消し、源流へさかのぼる鮫。

　作者自身が地吹雪に曝され、その皮膚感覚から見えてくる風景でもあろう。鯉でも鮭でもない、絶対鮫である実の風景である。

4　万灯火（昭和61～平成19年）

初夢にぺたぺた座敷ぼっこ去る

鶏鳴は空耳らしや初山河

名ばかりの春立つ潮へ花言葉

カスミ草そのふくらみの朝霞

雛の膳湯気たつものを燭となし

梅咲いて庭中に青鮫が来ている　　金子兜太

の句を思い起している。その内実は異なるが、兜太句、喜久子句共に陸地に鮫を捉え、違和感なく、読ませる俳句になっている。　　加賀谷洋

（「合歓」平成16年6月号）

二ン月や発光の瘤にせあかしや

父の背の広さ辛夷が苞をぬぐ

花冷えて彫りの朱《あけ》色江戸切り子

角館《かくのだて》寂しめば花寄りて花

いたや細工の狐抜けゆく萌黄山

老杉に注連《しめ》張り春の神佇たす

母子草色紙の余白あたたまる

猫連れの花の放浪一家族

天窓に桜若葉や稿起こす

生き死にのことには触れず種袋

漂着の胡桃渚に山笑う

遠野火やかな文字の米炊いている

花豆煮る大きつぶらな子を思い

漂着の砂じめりもち胡桃種

まんさくは木の花湯守りでありし日よ

春暁の連結音に覚めし貨車

さくら咲く雄物よねしろ子吉川

早蕨の渦のほぐるる方へむく

浅春やみな倚《よ》りあってひよこ飼う

山笑う奥岳すこし背伸する

地産地消萌やし独活より薄明り

踏青や老の歩巾にいのち添う

桜満開児盗ろ遊びに伯仲す

耳鳴りはひたに荒東風吹き止まぬ

花筏舞台化粧のままでいい

惜春の火星傾く日昏れかな

綺麗寂びの落花の径を遠回り

蛇口より母音の雫合格す

地の韻《おと》にきさらぎの父口ごもる

蕾固き一樹が残る山辛夷

春泥の靴ごと洗う野に土橋

春雷や身に覚えなき痛みあり

土の鈴振りては覚ます内裏びな

五風十雨つくりくれたる蕨たたき

平日がもどり二つの目玉焼

流し雛名残りの水は先急ぐ

かたかごの山姥捨ての入り口

春の沼ほたほたあの子癒えたろう

剝落の松も母郷も春寒し

きさらぎや蒼い時間の鳶鴉

霾《つちふ》るやきぬ莢の豆翳もてり

住み古りし風車流域春の潮

かたかごの山姥捨ての入り口

　俯いて咲く堅香子の花のむらさきは幽玄の趣きがあり、この花で埋め尽くされた山の奥には桃源郷がありそうな気がしてくる。

「姥捨て」というと貧困ゆえの苛酷な人減らしであり、そんな環境で生きているとそれも止むを得ないことと肯定の心境になる。ところが「かたかごの山」の奥ならば、自分も姥捨ての山に行ってもよいという気分が生じているのではないか。

　そして、そこが「姥捨て山の入り口」かと、ついと心を

かうかうと空の渚へ鳥帰る

まんさくはまず咲き余生確かなり

姥杉やまだ近づけぬ斑雪山《はだらやま》

依代の出羽につめたき山桜

北の連なりこぶし白花いっせいに

梅咲いて天地返しの土の塊

動かしている作者であった。これは高齢者ゆえの自虐の美学であろう。

川村三千夫

（「合歓」平成17年6月号）

木の萌摘み草食家族の一週間
薄紙の眠りのように雛納め
春の野にイタヤ狐の六等分
深く吸う寝息は確と畦青む
三つ四つの木蓮残花泪目に
散り終えし春の真闇の紫木蓮

山椒の芽家影を出ぬ仏たち

万愚節金の成る木の伸び放題

雪解野の懐ふかき蒼い刻

雪解促す蒼い流域万灯火《まとおび》村

ふたたびの享保雛の前膝を病む

試験管にねこやなぎの銀工学部

春の雪三キログラムの猫を抱く

朱の椀に貝の実煌と雛祭

緑層の裾かがやかし治水ダム

花追いのみちのくに木偶まなこ

わだばゴッホ花わっと咲く母郷行

花虻の翅音携え旅に出る

萌木山椀の朝飯《いい》てんこ盛り

もみじがさ一反風呂敷広げたし

唖々子以後沖見るごとの童唄

きさらぎの一刀彫りの鷹となる

ふたりいて青水無月の魚となり

犬連れて原罪という深い緑

鳴り砂の緑は近し啞々子の背

今朝の秋掌に滴滴と化粧水

少年にこの青き天紙飛行機

空路もどる水田明りの鍵の穴

方十里賢治の畑麦秋へ

耕人翳りて早苗田女波立つ

芍薬にこぼれん逢瀬夜雨くる
たやすくは逝けぬ臨死体験茄子の花
おろおろと冷夏書出しに賢治の詩
軽く着る布団新樹に夜雨くる
牡丹剪る母は引き際おもいおり
白鷺の視野明るうて尖がりおり

父の日の浦島草に髭のびる

上澄みのような空あり水張田

ひと鉢の双葉捧げし祝婚よ

六月の花嫁の帆よ父の双手よ

万緑のおのころ島を遠くにす

緑射す廊下一面瀬音です

朝月の目覚め誘えりほととぎす

翔つ鳥に青田で長い待ち時間

ピアス少年手の切れそうな青芒

枝豆で酌むだんまりの漢《おとこ》かな

ポンポンダリヤ拡大してもピンクです

咲き重ねダリヤも貌も朝餉前

次の世へ牡丹咲かそう朝白む

地震の日の快晴おどろおどろなる

白鷺の水平飛行夢幻かな

浦島草父の釣糸もう伸びぬ

山鳩の深鳴き萌黄遠い人

遠青嶺払田の柵は草の乱

分厚きは水ぼてりの手鱏神《はたたがみ》

寝台特急植田水の中ゆけり

蚕豆のなかの秘めごとやわらかし

ほととぎす言問いごとの続きおり

蛇泳ぐさざ波青葉隠れかな

鳥影を仰ぐジェラシー青田波

晩涼やホルン奏者の目で過ぐる

海底の冥さ引きずりテトラポッド

帰心はや夕凪を航く帆掛舟

青天井鸖の国より水の泡

萍《うきくさ》のテーブル囲み朝の粥

潮騒やひまわり迷路抜け切れず

乱れ菊男鹿の裏田に海のぞく

石積んでマリアに男鹿の野分汐

塗椀は伏せくさぐさの風の盆

紫苑咲くわれにも碧き生れ月

実むらさきセピア色もつ胸灯す

火に寄れば新藁匂う潟田べり

平成十年度秋田県民芸術祭　奨励賞受賞「羽後爽涼」七句

暗緑の杉北上のナビゲーター

羽後爽涼沖鳴りの戸の半開き

ほとばしる夜涼の水を荒使い

花芒寝返るかたへ海の音

やすやすと死後のことなど雁来紅

昼月の別れのような葉書かな

奨励賞「羽後爽涼」
羽後爽涼沖鳴りの戸の半開き
やすやすと死後のことなど雁来紅
その先の空の渚へ咲く紫苑

一句目は〝眼で見〟〝耳で聴き〟〝心で感じとった〟五感を総動員して詠った句であろう。金子兜太は〝句にはじめから意味をもたせ、求めることをしないで、まず感で書くことから始めるとよい〟といっているのが、この作者は情感の素朴なゆらぎを大切に纏めているのに好感がもてる。意味偏重の多い応募作の中、自然と人間が響き合った新鮮な句群であると思った。

〈五代儀幹雄　選評〉

その先の空の渚へ咲く紫苑
眉月をこけしへもらう萩明り
昼の月癒えよ癒えよと糸とんぼ
得之の絵抜けし朝市茸匂う
もぐら穴どこへ抜けても花大根
秋の波赤神風土記の石仁王

奨励賞「羽後爽涼」
羽後爽涼沖鳴りの戸の半開き
ほとばしる夜涼の水を荒使い
花芒寝返るかたへ海の音

この句群は感受の仕方に煌きがあり、現実を厳しく見据えながらその奥の見えない部分を表現しようとしている。そこには透明な詩情が沈潜しており、内面性が豊かである。
〈川村三千夫　選評〉

（「あきたの文芸」第三十一集）

いぶりいる藁色の村柿紅葉
収穫祭人湧くように晩秋家族
勲章に草の実肩の旅とんぼ
空に漣鬼やんま銀やんま
さらさらと籾がら枕海鳴る日
子おもいのつのる芒野旗のように

父の顔剃ればいとどは跳ぶ構え

虫まんだら灰に書く文字残す文字

おけら澄む触診の指家庭医に

昼ちちろ告解部屋にノブの音

寄り添いて離れて象に虫の秋

手を打ちてとんぼうになれチンパンジー

花食むは羽後の習いの黄菊畑
盆地霧這っても這っても羽後の国
風のかまつか単身赴任だった父
数ほどの胸の弔旗や黄菊摘む
膝痛はわたしの中のにがよもぎ
盆下駄の妹は古里小走りに

黄菊畑摘み放題の軽さかな

霧食うていようおとこえしおみなえし

黄泉霽《は》れて仏の膳に菊膾

明るうて手折りがたしや曼珠沙華

出羽晩秋折り込みちらし束にする

祝句

羽後地韻椋寄る一樹野にたてり

古時計下弦の月が水田打つ

七種の秋の草屋根仏たち

居待月もうしもうしと近づきぬ

月の青鰯の群れの覚めていし

パステルの青使いきり鰯雲

針千本飲ます約束星月夜

駈けたしや玻璃越しの柞山《ははそやま》

曼珠沙華亘暮老楽ひと握り

芋の葉の露玲瓏の世界かな

草の花捨田一枚ひとり占め

小岩井に斜面大きな冬紅葉

朝寒の湖の微笑へ湯浴して

黄落の水の溢れて刃物研ぐ

漆黒のグランドピアノ蓮は実に

水引の裏戸も声も半開き

橅の実をくれし漢《おとこ》は山守か

潟波の夢に色ある穂草道

栃広葉秋風見んと裏返る

須川湖にわたし紅いの吾亦紅

巨石信仰硫気をまといし花芒

芒山ゆうらり祖母の長煙管

あきあかね日向の紋章誕生日

二人扶持の秋ですはや飯炊けて

朝霧の信濃へ電話よく通る

秋の花圃片減りの下駄なじみたる

蒲の穂の棒となる日を考える

こまゆみに発火しそうな木偶の坊

手も足も枯れのはじまる男鹿灯台

朝霧にランドセルごと消えゆけり

野ぶどうの泪目ですか八月十五日

曼珠沙華憶良家持諳んずる

檸檬哀歌ほんとの空の冷やかさ

秋霖の橅の木肌に滝音す

あきあかね日向の紋章生れ月

湧水に冬枯れのなき遠目かな

若死にや山の一樹に冬柏

凍鶴のかうかうと岡田嘉子逝く

北帰行いまは亡き子の誕生日

尿《しと》ぬくし鈴振るような子のおまる

十二月ポインセチアを後追いす

冬葱のいっぽん白し自愛かな

玉霰人ら匂えり囁けり

寒茜山椒太夫を棲まわせる

オーロラの渡りまなこは冷たかり

遥か来て右手に雪の大文字

綿入れのたもと十二月八日あり

冬の虹仰ぐ兄いる家族写真

あま鯛の目が見つめ合う若狭干し

間伐の木口くれない枯山河
幻日や双手あふれし雪と虹
花っこ市白粉《おしろい》ほどに雪刷けり
どこからかアリランの唄冬籠る
落葉燦々やがて哀なる川の面
寒林の果を見ている樹木葬

短日のホルン鈍色放課後校舎

薔薇窓の高きを仰ぐ霜の朝

日曜の電飾の町肉を買う

十和田みちのく雪のわだちを深くする

初雪や山毛欅《ぶな》風《かぜ》を飲む湖茫洋

おお祖へ返る火の色雪ひと夜

天空のはがきでしたか朴落葉

冬空が山に落ちたか松風倒木

風花の目に地獄絵図掛けらるる

北国の空見たろうか飛花落花

雪炎えて環状列石深ねむり

誘われしここち一途に寒牡丹

姥捨ての語部の尾や鬼火なる

昭和の町へ啞々子のベレー冬隣

雪催いゆったり誦す般若心経

降り降るや雪のうなさか鈴の音

つらら太しかの一滴は走者なり

飯ずしに人参の花母ゆずり

新潟（親不知・子不知）

親知らず子知らずの旅雪まっさら

兎罠蟹股となる樏《かんじき》ツアー

雪の底ボルガの舟唄うたい出す

蟹股に雪のラッセル歩道橋

雪女出そうな夜の七並べ

母の母綿虫いつか暮れ残る

横書きの冬青を曳く飛行機雲

冬日射目つぶしにあう土間の口

山羊のまなこビー玉色の寒暮かな

凍鶴の声間近なり手を繋ぐ

大寒の水飲みきって眉の月

大根の輪切りばかりや万灯火《まとおび》点く

日和見の母の晩齢白障子

冬瓜汁に加う母郷の川の音

魚扁の漢字ぞろぞろ雪催

聖護院おもたしまろし冷たかり

寒に入る飛鳥一羽の海岸線

5 鳩笛（平成20〜29年）

面脱げり初なる涼気男鹿の鬼

初鏡遠き山ほど渓深し

人日やけぶれる齢粥食べて

聞き流すことも幸せ太郎月

固まって目覚めまばゆき福寿草

山河濃し風力を生む初景色

黒豆を気長に煮ては知る齢

生きている確かさまずは湯をわかす

二ン月の風に言い負けわらべ唄

反古なりや火中《ほなか》に舞うて春焚火

霾《つち》ぐもり双手を使い立ちあがる

暮れ際のランプ点灯クロッカス

野放図な剪定の音雨となる

親離れ子離れありて二月果つ

卒業歌気泡のような友の声

女子高生流れ藻となるさくらどき

北帰行誰も彼もがみずいろに

料峭の次の間こけし総立ちに
春の燭這い這い人形抱きあげる
古雛夜伽は祖母の声となる
木蓮に白き奔流父逝けり
飛花落花あしたへ炊ぐ水流す
八重桜いっぽんの木で華麗なる

料峭の次の間こけし総立ちに

料峭《りょうしょう》は春風が肌にうすら寒く感じられるさま、料は撫でる、峭はきびしいという意味である。

この句、次の間だって料峭の筈なのにこのような書き方をされると別の世界のように感じられるから不思議。しかもそこにはこけしらが総立ちになっているというように不穏の動きがありそうなのだ。こけしはどれも立っているからあたり前と拗ねてみるのだが、料峭→次の間→こけしの総立ちと並べられると異次元の世界に引き込まれている自分に気付く。
　平易なことばの羅列なのに、ここから滲む創造性とその幽玄さに魅せられてしまっている。

川村三千夫

（「合歓」平成21年4月号）

山頂の見えぬ岩木に花林檎

叔父叔母にたぐり飴など花林檎

太箸を確と持つ母老いられず

室花の目覚めはほのとさくら色

浅春の水辺暗緑杉の国

春兆す瀬音に沿いし窯場道

串姉コ赤いべべ着た雛まつり

美しき嘘もまことよ童女の目

惜春や泪目色の汐だまり

差し向う朝粥の湯気二月尽

春の星老いのにごりを遠ざけし

東日本大震災

浅春の避難所鳥になりたき日

鳥雲に声をはげまし地震の町

一椀の湯気囲みあい春遅々と

浅春の津波禍村に百万遍

原発の円周を外れ滝桜

初蛙古里なくしてはならず

春塵の届かぬ映像余震また

抜糸する指先いびつ鬼ぜんまい

春月や波頭泣くよう叫ぶよう

春夕焼漁師へもどる男の貌

日本海中部地震・加茂青砂

津波なき地へ津波の日にがよもぎ

昏れかかる川のさざ波万灯火《まとおび》村

烏猫きらと銀目に春立つ日

初蝶の痛みあるかに漂える

月のよなオムレツ焼けし春浅し

根開きの秘湯終日軒雫

ひたすらの母郷いち時に咲く桜

苞をぬぐ木蓮一樹の在所かな

春嵐去りしその夜の深睡り

はるかにも現にも見ゆ雛納め

俯瞰する列島地図の芝ざくら

春雷の山河一瞬凹みます

春の星黄泉路一途は遠きかろ

逝く友に雛の雪洞灯しおく

英語音読姉に妹にも夢多し

沖鳴りを間近に庭の囲い解く

待ち待ちし花湧くように紫木蓮

空気より夕日冷たし飛花落花

蜆汁連休明けは鳴らし食う

初蛙耳を大きくして待てり

絵手紙をはみだし花の吉野山

摘みためし草ぐさの味さしぼ皿

緑層の山また山へ骨抱いて

シャボン玉南無なむなむと消えゆくよ

わが和みジュウニヒトエの濃むらさき

パラソルを杖とす日常タンポポ黄

鳩笛で紛らせようか萌黄山

ほろ苦き楤の芽手許箆舞《へらまい》す

荒神の宿る山国朴の花

鬼芥子に赤の残像米寿くる

日月の菩薩を仰ぐ五月晴

開け放つ家の風見や栃若葉

万緑に筏師帰路の櫂肩に

白神へ湾曲の橋実はまなす

川は語りべ筏舟唄とうに消え

俳星碑木都の緑刻まれて

帚草西日の行列点りけり

かめ蜂の巣を落したり炎暑譚

晩夏光稚児の重さと肌ぬくさ

白神へ湾曲の橋実はまなす
川は語りべ筏舟唄とうに消え

二句ともに能代吟行の際の句であろう。米代河口に架かる能代大橋が大きく盛り上がり湾曲している。大橋は、まるで白神の稜線に向かっているようだ。だから、その湾曲した橋を登っていくとき、彼方の白神山地へ登っていく感覚になる。大きく広がる景に、はまなすの実の赤がいい。

二句目は、木材都市、能代と言われた頃を想起しているのだろう。上流で伐り出された天然秋田杉の運搬のための筏も、その舟歌ももう聞くこ

鶴を折る時間外保育の夕空で

扱《しご》きたる紫蘇の匂うは慣いにて

花紫苑掲げて人を許しけり

穂紫蘇摘む遠き山ほどよく見ゆる

梅干して八十路の十指染まりたる

老鶯に目覚め雑魚寝のあの日あり

とはなくなった。私が、能代に移住した頃までは、筏まつりが開かれてその名残を再現していた。米代川は今も、当時の水量を保ったまま豊かに流れ続けている。季語はないが季感はある。

武藤鉦二

（「合歓」平成20年11月号）

闇やわらか踏みたがえしか蟇がえる
喜雨の夜のひとりの渇き鎮めおり
子は砂のよう若葉マークで行ったきり
老鶯の次の声待つ加茂《かも》青砂《あおさ》
カンカネ洞へ夏草攻めの径いちず
青葉潮《あおばしお》流されました逝きました

新樹光たまゆら胸に家を発つ

白鷺は泥田を歩く吾《あ》も歩く

青田アート長距離貨車は濁音で

晩夏光座敷わらしの足裏《あうら》かな

ひまわりは庭の要に母の母

発色は家伝の味や紫蘇をもむ

石柱に午後の影伸ぶ草千里

巨石柱夏日の別れすぐにくる

新樹光シャツの翼で漕ぐペダル

衣紋竹に母の好みし紺絣

新樹光わが影あるをわすれたる

万緑へオバマ声明濃くなりぬ

さざ波の青蚊帳へ入る渚かな

黄泉透けて線香花火ほとと落つ

実南天括られてよりさやぐかな

黒葡萄まなこ力の赤ン坊

濁り酒ふつふつ醸しふくろう族

日本キャニオン峨々と紅葉と日暮橋

鰯雲機上シャッター渚あり

秋燕を眩しむ妹足速し

赤のまま花満艦の休耕地

秋あかね討死墓碑を温めける

鈍痛へ昼のちちろの鳴き通す

草の穂絮少しは飛んでみたきかな

重陽の夢のあとさき誕生日

反古整理秋蕭条と鳥が翔つ

秋日濃き水面に目線舟下り

うたかたの秋の水尾曳く橋の下

いわし雲雄物河口へ流れ入る

望郷や一望千里の芒風

秋真昼牛乳うまし野は広し

夜間飛行みんな独りの秋灯下

黄菊摘むほど夕べ追いすがる

小鳥塚石ひとつ置き檀の実

木星の環をみし新米二合炊く

魂迎え濡れ手惜しまぬ爺の居り

盆灯籠ふるさとの闇水色に

桔梗咲く瑞々しさと来迎図

浮き沈む風のコスモス旅なかば

寝つかれぬたわ言多し虫の闇

楚々と咲き秋明菊は株増やす

紅《びん》型《がた》の大風呂敷は秋包む

弱音吐くことも力よ紫苑咲く

チンパンジーの目と会う秋思の車椅子

旅情濃し影まで亡び昼の虫

駅伝の足裏ひたひた野分くる

秋霖や大きな葉ほど夕昏れる

銀杏散る首に巻くものやわらかし

弱音吐くことも力よ紫苑咲く

老齢になると体が思うように動かないし長続きしないからつい、弱音を吐くことが多くなる。だが、この句はそれを力に替えたことは心の持ち様であり、生き抜こうという精神力、即ち前向きの姿勢なのだ。

ともすれば私たちは弱音を吐いて周囲の気を引こうという意識がどこかにあり、身の回りを蓑虫のように自分を囲ってしまっては身も蓋もなかろう。だが、この句の気概を裏からしっかりと支えてくれる花紫苑、高いところで咲くその色も高潔な感じがする。
　随ってこの句の世界は紫苑の花がよく合うし厚みとなって量感のある一句になっている。
川村三千夫
（「合歓」平成22年11月号）

開けて閉じ絵本にねむる蛇穴に

生者より逝きし人々実南天

本籍地寄る家もなし花野径

えのころの穂草一枚の休耕田

放蕩の風過ぎゆけり芒原

ふる里の朝霧を漕ぐ父の櫂

秋は白神バームクーヘン切り分ける

堂守りの刈田越えくるなげき節

きちきちバッタあの草原を渡る夢

羽化とんぼ朝の声明《しょうみょう》爺誦す

草千里旅のとんぼは肩にくる

吾も八十路父の歌いし赤とんぼ

千振《せんぶり》の白花くれし句友いて

橋ひとつ雄物蛇行し昼の月

唖々子忌は五日でしたよ柿をむく

媼健在文殊の知恵の花すすき

強飯《ごうはん》炊き寂し楽しと誕生日

山霧湧く鉄塔の裾に住馴れて

誰の忌となく彼岸花咲いてます

のっと花芽ひしめきあって曼珠沙華

咲き終えし土に夕暮れ曼珠沙華

園服のポケット大事木の実独楽

ちちろ澄む老いの寝息に耳聡し

菜園に聞き耳をたて黄菊摘む

誰の忌となく彼岸花咲いてます

俳人にとって忌日といえば、先達俳人の命日を指すことが多い。松尾芭蕉であれば時雨忌、正岡子規であれば糸瓜忌など特別な異称を持つものもある。またそれらに限らず、作者の身近な故人の命日を指すこともあるだろう。

この句では、そんな特定の「誰か」の忌日とは関わりなく、秋彼岸の頃になれば、彼岸花（曼殊沙華）は自ずから咲いていると言う。この自然物への認識のリアリズムの底には、作者個人の生にとって

太平箕《おえだらみ》黄菊もって菊嵩ふやす

月蝕は赤銅色に夫を呼ぶ

現し世に色付きそめし実南天

台風一過丈余の仏背伸びする

千体の一体親し蟬時雨

露と消ゆパレンバンの落下傘

大切な「誰か」の忌が眠っている。命日でなくとも故人を偲び故人と共にある作者の心のありようが、ひそやかに感じられる。

きっと、誰の忌でもない、ということは、誰の忌でもある、ということなのだ。そしてその「誰か」は、この一句を読む者それぞれの生へと託されている。

鈴木光影

「沖」「花林花」所属

流灯のほおずき色に月日逝く

秋の声追えば追うほど津軽富士

爽やかなる椀を重ねて蕎麦の味

訪いし二人の若さ鰯雲

一献に齢を忘れ十三夜

もの忘れ石蕗の花なら五燭光

家中をふるさとにして盆用意

極月の親筋見ゆる宅配便

老い盛り漬樽並ぶ裏出口

縞馬の縞をなぞれり冬日向

長元坊の巣棚獣園に昏るる

八ツ手葉の摑むは虚空冬ひと日

家中をふるさとにして盆用意

盆の用意をはじめると家の中の雰囲気が変わってくる。とくに盆灯籠を飾ると雰囲気が高まる。このふる里は生きている人のものであり、また死せる人のものである。

堅阿彌放心

（「合歓」平成28年11月号）

雪母郷山河ひたすらなる容《かた》ち

只真白母の里なる雪の駅

冬の朝キリンの首の園児バス

追儺面忘れかけたる帰り径

堅雪を渡る先立つ犬の耳

荒星は煌とふるさと牛眠る

合歓五百号

白鳥の華なる誌齢羽後のくに

晴れ三日冬囲いの縄放射状

プラタナス木瘤曝しし冬そこに

青池は落葉しぐれの真昼どき

短日や陶画の鰈眇《すがめ》なる

冬木の芽つんぼさじきは暖かい

白鳥の華なる誌齢羽後のくに

合歓五百号記念俳句大会での高得点賞に輝いた作品である。五百号という燦たる誌齢を白鳥の華と見立てたところが、鮮やかだし、羽後のくにという背景の設定は句作品には安定を、合歓誌には歴史の重さを附与してくれるべく働いている。

佐々木昇一

（「合歓」平成20年7月号）

かの山のしらねあおいや雪深し

雪明りこけし一本仲間とす

波の花こころ凪ぐまで佇ち尽す

葱味噌の奢りの椀を掌で囲う

生臭き刃もて真ふたつ冬キャベツ

名残雪ホルン奏者の譜面台

朴落葉がらりと広い山の空

よく晴れてわたし流儀に大根干す

青き炎の厨に歴史ポトフ鍋

降りて消え消えて降る雪川一筋

こけし棚寒夜の瞳口ほどに

寒林は沖鳴りを入れ夕茜

よろめいて大根畑に支えらる

翼となるウインドブレーカー冬はじめ

西高東低帰りの川に鴨浮けり

雪催い鬼が出てくる児の影絵

雪母郷三日三晩の鍋づくし

芦一本いっぽん雪の背骨道

雪渉り芋・薯・藷は喰いつくす

寒卵巣藁の記憶あたたかし

輪樏《わかんじき》後ろくる輪も瀬音沿い

寒波くる羽繕うごと着る毛布

白兎跳んでも跳んでも雪の国

真昼間の独り水仙束活けに

海暮れて切っ先揃う葱畑

明日ないと言いつつ日記買い給う

霜月の籠り太鼓を聞く夢路

綿蒲団のほどよき重さ白鳥くる

クッキーはトラピスト製山眠る

郷愁の鰰送りし手をかざす

雪催い端布の朱さ捨てきれず

冬木立喜寿や米寿と面映ゆき

雪掻いて肺清浄な空気かな

湯たんぽや母の習いにもどりたり

波の花海裏返る羽越線

赤神も青神も鬼男鹿波濤

円卓の手話華やぎて小六月

海に雪杜甫の春望諳んじる

雪折れのいのちの淡さ山の畑

冬晴れや岩かとおもうアシカの背

サル山の猿に見られて冬来たる

朴葉散る声をあげねば寂しかろ

石蕗咲いてひとり遊びの庭の石

神の留守鈍行列車の窓明かり

朝月を仰ぎ一筋葱畑

柞山《ははそやま》熊除けの鈴腰で鳴る

石蕗の黄も常緑の葉も幾年ぞ

眩しゅうて冬芽百日句にならず

父母の昭和遠しや雪しんしん

くの字の母

福井明子

母は、私が小さい時から俳句を作っていた。朱色の姫鏡台の小引き出しには、紙切れにメモのような短い言葉が書かれ、入れられてあったし、時々届く俳誌を楽しみにしているようだった。しかし私は、大人になっても、母の俳句について特別意識したことはなかった。母は、自分の句作についてほとんど語らなかったし、遠く嫁いだ私への時々の手紙に書かれた俳句にも、娘として深い理解を示したこともなかった。

幾年か前、母から合同句集が出たと一冊の本が送られてきた。二十人ほどの会員のそれぞれの五十句。その中に、母のふっくらとした写真と作品も載っていた。

かまくらをくの字に出でて月仰ぐ

これは、その中の一句であるが、この句について、須田さんという選者の方が解説してくれたコピーがはさんであった。

〈喜久子さんとは、数年前、夏の大会で会ったが、笑みをたたえる温かい顔、がっしりとした体軀。くの字とは、一本の線を斜めに折って、また反対に斜めに折って引く。女のひたむきさ

がひそかにおこなわれる……〉

この文章を読んで、私は母をはじめて遠くから眺めたような気がした。

雪国秋田に住む母が、あのころ電話で、

「横手のかまくら祭りさ行ってきた」

と言っていたし、そのあと、スカーフで頰かぶりしたオーバー姿の母が、かまくらの中で、地元のおかっぱ頭の少女と一緒にほほえんでいる写真も送られていた。

ああ、あの時の母。

ちょっとかがんで、自分の姿勢をかまくらの出入り口の高さに合わせ、くの字に背中を曲げて外に出る。

そのあと、雪祭りのしばれる闇に背を伸ばし、天高く冴える寒の月を見上げている。

この句こそ、母の生活ぶりだった。

ああだったこうだった、ああすればいい、こうすればいい。たくさんのことを、母親なら娘に語ってくれたらよかったのに。

病弱だった父の繰り返しの入院の時も、祖母の長い介護の日々も、兄が逝った時にも、そして私が無鉄砲に遠くへ嫁ぐと言い張った時にも、母は多くを語らなかった。

その時々に、やわらかくほほえみ、あたりまえのようにご飯を作り続けた。

そして、自分の行き先しか考えない娘を見守った。

母は最近、父の退職後移り住んだ地で、月に二回、婦人会の人たちに俳句を指導している。

「別に、教えてるんじゃなくって、ただ一緒に句作したり、吟行するだけだよ」

そう語る母。

「人は自然に場所が与えられるもんだよ」

いつでも、どんな時にも「月仰ぐ」、そんな気持ちを自分の中に持っていたから。

「元気も与えられているの」という。

昭和四年生まれ。ああ、もう六十九歳なのだ。

（平成十年）

福井明子著『ほうこさんと木地山こけし』に収録

第二章　随筆

1　家族

雪の家

合併して、いまは北秋田市となったその地は、秋には濃い霧が立ち込め、冬は地吹雪が激しい所でした。竜ヶ鼻トンネルを抜けると、急に盆地になっている地形のせいかも知れません。昭和の初めに建てられたこの木造の二階建の家は、茅ぶき屋根の多い集落の中では、珍しく黒いトタンぶきの屋根でした。夫はこれからの新しい生活を始めるために、家の一部を改装して私を迎えてくれたのです。地籍は坊沢字水上沢ですが、地名にあるように水の流れている沢によくある谷地でした。

水ぶくれの赤い手で、越冬用のハタハタの長ずしや切りずし糀漬けなどの漬物桶を並べ終えるころより、雪の降り続く日が多くなり、三日三晩も地吹雪が続きます。窓という窓のガラスには、びっしりと雪つぶてが張り付いて、でもどこか明るいのは雪明りのせいでしょうか。

雪つぶて民話の鬼は壺に住み

ほっこりと包んでくれる雪の家の屋根には、七十センチ、吹きだまりのあたりは一メートルも積もってしまうのです。米代川に沿ったこの街道筋は、どこの屋根も雪に沈んでしまいそうです。夜中にみしっみしっと柱のきしむ音でしょうか。外は横なぐりに吹きつける風雪で、戸障子の開け閉めがにぶくなってくるのです。

こんな日が続くと、日曜日は雪下ろしで一日掛かりでした。二階は六畳二間に縁側の付いた正方形の屋根でした。どんな勇者も登れないだろうと言い放って、夫は雪下ろしに精を出すのですが、さすが足はぶるぶる震えたそうです。そこは勇猛心でサッテという長い雪べらとスコップを使い、雪をどんどんと四メートル余りの屋根の上から落とします。にぶい重さの固まりとなって、軒下近くまで埋まったのは、昭和四十八年の大雪でした。

見よう見まねで夫は雪下ろしの方法を知ったようで、屋根から滑り落ちたということもなく、雪下ろしの作業は毎年続いたのです。雪の階段を五段も六段も付けて玄関へ入ります。急に目の前がまっ暗になって、冬眠の獣の気分でほっこりしたものです。

屋根の上で汗を流した夫は、風呂に入りその夜の晩酌は格別においしく、大ぶりのガラスの銚子に、ひらぐちの盃がお気に入りでした。

そんなある日夫は母に頼んで、濁り酒を作ってもらうことになりました。杉の柾目の酒樽に、うるちのむし米を三升、米糀一升にイースト菌を入れ、人肌ほどの温度を保って醸したものです。子供を入れる嬰詰《えいづめ》に、酒樽を赤ん坊の様にくるみ、薪ストーブのある部屋に置きます。一昼夜もすると発酵がはじまり、ブツブツと酒が語りはじめ、もろみになって、わき沈みます。上澄みはカワカワとなってゆきます。家ではこの酒を「しろ介《すけ》」と呼びました。介とは尊称なのです。存分に飲むわけにはいかない清酒のかわりに、しろ介はたくさん飲めたのです。夫の元気で働きざかりの話です。

小寒大寒と、一夜にして大雪となり、夜明け前から除雪車がホーホーと警笛を鳴らして、山際のバイパスを除雪しているのを寝床の中で聞きました。晴れぬ長雨はないのたとえのように、時おり雪晴れの日がありました。

大館市へ通勤する夫と高校へ通う娘を送り出した後、両わきにかいた雪の中に立ち、向かいの松の枝を渡る四十雀《しじゅうから》をよく見掛けました。また北むきの庭の笹やぶを移る栗色の小さい鳥は、みそさざいです。

みそさざい新雪こぼす緋の羽音

或る朝、木でも突《つつ》くようにコツコツという音が聞こえます。啄木鳥《きつつき》でしょうか、あのドラミングの音は。水上沢という沢筋を背にした山の集落は六十戸ほどの家があり、裏口の軒下には秋収穫したとうもろこしが来春の種用にするために吊られて、その黄色の実を山鳩などがついばみに来ました。あのコツコツという音、耳をうばわれました。そっと外へ出て見た私の目には、紅いシャッポの鳥が目に入ります。胸が高鳴ります。青黒い羽根の色に紅いシャッポの鳥は、アカゲラでした。南側の二階の庇《ひさし》を懸命に突っついています。

暖かくなって知った庇の穴は、花あぶのすみかでした。冬の間は蛹《さなぎ》のままで越冬するのです。庇には小さな穴がいくつもあいていて、階下からもよく見えました。もう、いまでは幻の鳥のように言われているアカゲラは、庇に産みつけられた花あぶの蛹に、ドラミングの音をたてたのです。雪の晴れ間には、胸のすくような冬の青い空が続いていました。

水上沢の家から、秋田市へ引っ越したあと、黒いトタン屋根の二階建の家は、程なく解体されました。

積もった庭の雪の山をくりぬいて三個ほどのかまくらをつくり、燭台に立てたローソクに灯を入れます。雪の厚さを透かしてかまくらの灯の色が漂います。思い出のにじむ夢の中では、雪の家はまだ建っているのでした。たどるように過ぎ去った歳月の、絆を確かめる雪の家です。

2006年「とのぐち」第24号

百万遍

春彼岸のころ、女たちが寄りあって大きな数珠を、十人も十五人もで繰り回し、はやり病を追いだす、百万遍というものがあった。

軒の低い家並みの日陰には、薄汚れた残雪がまだあり、冷たい西寄りの風に、数珠の音がジャガジャガとする。まんなかで鉦《かね》を打つ女と、「なんまいだ、なんまいだ」と唱和する声には、他所者のはいり込めないものがあった。

家並みが途切れた村のはずれまでくると、病を追いたてる意味で、ほーいほーいと云ったように思えたのは、どうも私の空耳のようで、野の果てに森吉山の厳しい雪形が、青ぐろく見えるだけである。

子供のはやり病にハシカがあり、外の風に当てないで一週間寝ていると治るといって、熱のある子供の体を、なだめるだけの看護は、考えるとじれったいものであった。厄流しの小豆まんまを炊いて、藁で編んださんだらに、〝いも神さま〟をのせ、川に流したのはこの間のことのように思われる。治った瘡ぶたを、いも神さまと言っていたのだ。

方言でばせふというヂフテリヤは、咳の出る音から出た病名らしいが、犬の遠吠えに似た咳で、喉に白い膜がかかると、一夜でかわいい子供を亡くすことが多かった。

小学生のころ私はエキリを患った。両方の腿に太い針の生理食塩水注射をして、一命をとりとめたことがある。往診して下さった南山病院の医師は、生理食塩水の入ったガラスビンを持ち続けて治療して下さった。いまは点滴があるが、その頃は想像以上に、医師の負担は大きかったと思う。九死に一生を得たのであった。

冬の名残の風に、冷えきった体を迎えてくれたのは、あつい豆腐汁である。女たちは噂ばなしの間にも、畑や田植えのよいこ（手伝い）の約束をしたりして、生命力の盛んな人が多かった。男鹿の五里合《いりあい》や雄物川町では、古里おこしを含めて、地域の行事として定着している百万遍をテレビで知った。

一度しか見たことのない百万遍も、知人の話では道具も郷倉に残っているが、すたれてしまったようだと言う。なにかのときに復活するかもしれない。電話の声は、昔の母たちの悲しさとは、ほど遠い気がした。だんだん心が失われていくのかもしれないと思い受話器をおいた。

1991年「とのぐち」第9号

赤胴鈴之助

春分の日が近づいたある夜、突然の火事振れで目を覚ました。二階の寝室で近火を知らせる村役場のサイレンを聞き、飛び起きて身仕度をする。乳のみ子の二女をおんぶして、おむつや着替えを玄関に置いてある乳母車にほうり込んだ。秋田市から妹が春休みで遊びに来ていたので、一緒に外へ避難するつもりで玄関の戸へ手をかけた。

「ばがあー火はるでねがあ」と一喝された。玄関は隣と向かいあっていたので、火風《ひかぜ》の勢とは恐ろしいものであることを知らされた。その頃隣家の勝手口の冬囲いに火が移った事がわかった。茅ぶき屋根の家は、ぐるりと藁束でびっしり冬囲いをしているので、トタンぶきのわが家より一層火の回りが早かった。消防自動車の活動のおかげで半焼でおわったが、火元はその隣の物おき小屋の裏から出たということであった。

後日談になるが、火事騒ぎを知ってかけつけてくれた知人の家に子供たちを避難させたが、どんどんストーブを暖かく燃やして下さっても、二人の子供は驚きのためにガタガタと体の震えが止まらず、見ているのも気の毒であったと話してくれた。

北側の庭に面した雨戸をはずして、どこの誰が運んでくれたのか、裏の一段たかみにある残雪の畠に家財道具が運び出され、夜空に火の粉が飛んできて、ひきだしごと運ばれた衣類に火の粉が落ちる。杉の生枝を折って払ってくれる人もいたが、恐ろしかった。隣との境界線あたりにのっこ（ひこばえ）から育てて成長したといわれる花桃の幹につかまって、隣家の火を見た。その時の燃えかたや、そこに居合わせた人たちをいまも思い出す。鎮火したのは午前二時頃であったろう。

焼け跡の無残さは言いようがなく、まだ若かった私たちに大変な苦労が背負わされた。特別失ったものもなかったが、しばらくは被害妄想で落ち着かない日を送った。

悪夢のような一夜が明けて、散在した荷物のなかに家族が寄り添うように佇ちつくした。そのとき頬をまっかにした五歳の長女が、「剣をとっては日本一の、夢は大きい少年剣士」とラジオの人気番組、赤胴鈴之助を力いっぱい歌った。つめたい朝の空気のなかで家族は一瞬われに返った。

向こう三軒両隣というが、こんな被害のつきあいはたくさんである。火災からまぬがれたことは、不幸中のさいわいであったかもしれないが、毎日拭き込んだ廊下は土足で踏み込まれるし、放水で破れたガラスの入れ替え、たたみの表替えをするなど被害甚大であった。

その頃から冬囲いに藁束を使うのは禁じられ、トタン屋根が増えていった。

この事件は迷宮入りでもう時効であろう。あらぬ噂も七十五日すぎると消えてしまう。その年の春は急に来たようであった。

1989年「とのぐち」第7号

蚊帳

ついこの間まで蚊帳を吊って、夏を越した。電気蚊取り器が普及してからは、簡便さをよいことに、使い続けていたが、とうとう喉《のど》の調子が悪くなり、蚊帳を吊ることにした。

ハエや蚊は、昔のように日常生活にまつわりつくような存在ではなくなったが、ハエ一匹、蚊が一羽いても気になるのである。

裾が青のぼかしになった白い蚊帳を、六畳間にゆったり吊って、東と南の窓は、網戸一枚の開けっ放しの夜が続いた。子供のとき母が教えてくれたように、二、三度蚊帳の外に止まっている蚊を払うようにして、低い姿勢でさっと蚊帳の中に入る。二十日盆が過ぎる頃から涼しくなって、海底にゆらぐ藻のような蚊帳の中は、魚にでもなったような気になる。

炎天続きで、虫のこえが聞こえるようになったのは、待望の雨が降ってからのことだった。コオロギのなつかしみのあるこえは、いつのまにか家の中でも聞こえ、風呂場の隅や戸棚のかげのあたりに、住みついたように涼しいこえで、鳴くのだった。

虫のこえで悲しい日の思い出は、母のことになる。

都会の病院で療養中の母には、六人の子供だけがなによりの力であったろう。一人一人が思いついても、六つの母へのなぐさめようがあった。

桜三丁目に、自分の家と小さい庭を持つ弟は、わりあい細かいことに気の届く人であった。忙しさにまぎれて、庭の草を抜くひまもなかったのか、ある日手間とりをかねた婆さんが、「庭の草とらせてたんぇ」と訪ねて来た。「うちでは庭さ虫飼っているから」。弟は草の生えた庭であったが上手にことわったと、話していたことがある。

その飼っているという虫のこえの思い出である。母の付き添いをしていた妹の話では、庭の虫のこえをテープに録音して病室に持参した弟は、母の枕許で「あきたの家の虫のこえだよ」と、暑さに耐えかねる母と妹たちに、聞かせてくれたということである。

夜中に目が覚めることがあると、澱《おり》のように沈んでいる記憶が、あぶくのように、蚊帳のなかに浮いてくるのであった。

秋の蚊帳と呼ばれるほど吊っていたのは、安心出来る空間であったからかもしれない。和紙の蚊帳は、自分で紡いだ繭の中にでもいるようだと、「月山」のなかで、森敦は言っている。蚊帳を取りはずしたあとには、朱い蚊帳の吊り手が、所在なげに見えた。

1990年「とのぐち」第8号

娘へ

その日の関東平野は快晴でした。雪国へ帰る電車の規則的なレールの音に、つい安堵と疲れのいりまじった、浅い眠りにおちていきました。

停車間近い都市の屋根波の彼方に力強い山の形が見えました。よく解らないけれど男体山かも知れず、奥日光の連山が、冬青の空に後ずさりして、車窓から消えます。

山の形はその町の風土の表れのように、福島は磐梯山そして安達太良、盛岡は岩手山がどっしりと見えます。

秋田の生んだ作家、伊藤永之介は、「山美しく　人貧し」という文学碑を、日本海を背にした高清水の丘に残しました。

雪の薄い冬ですが、二月は冬の真中です。父と母の生き継ぐこの地は、山襞に鶴の翔《た》つような雪形が、薄墨色のなかに浮かんで見えます。帰秋のおしらせまで。　かしこ

母より

ふくろう忌と呼ばれている伊藤永之介の忌日は、昭和三十四年七月二十二日の青葉の闇が濃くなるころであった。「山美し」には秋田の風土への愛情がこめられ、「人貧し」には、貧しい

者への哀惜と、貧しさをもたらすものへの厳しい怒りがこめられていると、没後三十年に発刊された『伊藤永之介を偲ぶ』に記されている。

ふくろう忌のいわれとなった作品、小説『梟《ふくろう》』は、密造酒を売り歩く、お峰という女の生活をもとに、つぎつぎと生まれる子供、不作、密造、罰金代わりの労役場送りなど、読みつづけることには、あまりにも貧しい生活があった。

通称、鳥ものといわれている「鴉《からす》」「鶯《うぐいす》」「梟」は、北国の風土の流れを掬いとるための作者の眼と、説話体で書かれている秋田訛りが色濃く、もの悲しい思いがする。

氏の本籍地であった上小阿仁村小沢田は、彼岸の行事万灯火《まとおび》の里である。

降り積もる深い雪に、冬のあいだ隔てられていた墓前まで、ざらめ雪を掻いてゆく。一本の棒杭を立て、藁束を交互に積み重ねる。耕作をしている田が多いほど藁束は高く積まれるのだ。夕靄《もや》が降りてくるころ、その藁束に火を点ずる。残雪まじりの湿っぽい煙が人家にも流れて、山の端は紫色に染まる。暑さ寒さも彼岸までの通り、山里にもおそい春が一気にやって来たものである。

田んぼでも雪消えを早めるために、万灯火を焚いた。綿のタンポンに油をしみこませ、文字状に吊ったり、丸い輪の車まと火をぐるぐると回したものだ。小阿仁川沿いにある村々のまと火の灯は、川面にゆれて、遠い日の人たちとの語り合いのように、夜の川のさざ波となって消えていく。行きつもどりつの春の空は、桜が咲いてからも花冷えの日が永かった。やっと若葉となり、遅くとも必ず青葉の茂りとなることを、今更のように思った。

欅の日陰をこよなく愛したという作者に、こんな小文がある。

「永い梅雨が漸く上がって、焼けつく土地にケヤキが涼しい日陰をつくる酷暑になった。／ビーチパラソルが避暑客に涼をあたえるとき、道路修理のニコヨンや水道工夫など汗にまみれた人々に日陰をつくるケヤキを、私はこの上なく愛する。」と結ばれている。

地面に広がる欅の木影を、ふくろう忌とともに偲んでいる。

１９９３年「とのぐち」第11号

夏の果て

一年のうちで夏の間だけ帰省する親子を、夏家族と呼んでいる。ことしも打ち寄せる波のように訪れて、また潮が引くように帰宅した。

二人のくらしが、急に十一人にふくれると、寝ること、食べることだけでも大ごとである。台風十二号の熱波のような暑さのあとだけに、朝一番の電車へ送り出したあとの空虚さは、私の体の疲れと重なって、朝の涼風にもう秋なのだという寂寥感が漂うのである。畳に横になるだけで眠気がくる。眠ればすぐ疲れはとれるまどろみである。

いつもの散歩道に出ると、稲田はむせかえるような開花で、秋の豊作は約束されたようなものである。盆棚のあるうちは、あまり遠くまで歩くことはない。

祖霊がもどるときは、速く走る〝胡瓜の馬〟で、帰るときはゆっくり歩く〝茄子の牛〟で、と言い聞かされた母たちのことが、私のなかで彷彿とするのである。

畔草が刈られて、歩きやすい足許から、まだすこしふん張りの足りない蝗が盛んにはねる。でっ張りの山すそは西日がまともにあたる小道である。

春には水仙に似た細長い葉がのび、一度その葉が枯れて、季節がくると、ある朝ひょうと茎がのびて咲くきつねのかみそりが、草の中や林の窪みに咲き揃う。

杉林で油蟬が鳴く。家のそばの木ではその鳴き声を聞くことがないので、自然の息づかいのあるこの小道では、雑多な音からのがれてきた耳や目にも、いっときのしじまを与えてくれる。

田んぼへ引く用水沼に繁茂した菱の葉に、しおからとんぼがかすめるように飛ぶ。時折すいと鬼やんまが飛び交う。水辺は銀やんまの飛ぶ様子が、勇壮に羽根の唸りをさせてくる。そのつけ根は宝石の輝きにも似た色を持っていて、自然の摂理の見事さを見るようでもある。

水辺は母の想いのようでもあり、自分の世界にもどるところのようである。

1997年「とのぐち」第15号

花野行

生み育ててくれた母よりも、藤原の義母《はは》と一緒に暮らした歳月の方が長い。父母の元で育った分の約二倍ぐらいになる。

義母は禅寺の長女として生まれたので、大事に育てられたと言っていた。小学校を終えて、隣町にある高等科に五キロほどの道を歩いて通学したという。自然現象の厳しい畷《なわて》だったようだ。炉端で聞いたのにこんな逸話がある。

寺のあねちゃという気位もあったろうが、元気者だったので、いつも雪道は先頭になって、膝《ひざ》までの雪を漕ぎ道つけ役をしたというのである。それからがまたふるっている。義母は五人の姉妹と一人の弟がいた。六人目に生まれたのが男の子で、長女と長男の年齢のひらきは、十八歳もあった。その子どもたちを育てる生活の中から、義母の母にあたる方は、昼のご飯は温かいのを食べさせたいと、いつも寺にやってくる乞食《こじき》に、学校の小使室まで弁当を届けさせたと言うのである。

とてもいまでは思いもかけない話であるが、弁当を包んだふろしきは、裏に紅絹《もみ》を使ったやっこいものだった。水仕事で荒れたあのころの女の指先は、やわらかい布に触れると、ぴりぴりと絹布の細さに引っかかる音がしたものだ。手先の器用な、物事のまでな人だったらしい。娘大事と思う母心からでもあるのがよく分かる。

その土地には、おもんという女乞食がいて、誰からもおもんこ、と言われて重宝がられていたという。普段から寺の供物の団子や餅のいただき物があったからかも知れないが、温かいご飯の運び役の姿が、私の目に彷彿《ほうふつ》として、深いおもいがこみあげてくる。

「まだ笑っているのくすりやのおがさんだべ」と誰もが言うほど義母は豪快な笑い声の持ち主であった。秋田市の家に引っ越してからは、この笑い声も聞かれなくなっていた。高齢になって住みなれた故郷を出るのは、しのび難かったと思うが、そんな哀しさを口に出すことがなかったのも、致し方のない事情である。

引っ越して三年たっていたが、大森山から青い日本海の夕映えや、また動物園などへも誘ったが、もう外へは、一歩も出ることがなかったのである。

寺族の生まれだったからか、「生ぐさい」ものへの潔癖さがあって、魚も肉もあまり欲しないのか、自然に枯れ木のように細り天寿を生きたような静かな臨終であった。庭に咲く食用菊の黄が見えるだけで、深閑とした家の中に私は居た。

昭和五十五年十月二十日午後四時三十分。引き潮の刻であった。昭和のはじめ三十九歳で早世した医師であった義母の夫は、九月二十日が祥月命日である。そのひと月後の十月二十日は、得が難いめぐりあわせの日となったのである。

＊

藤原の義母が亡くなってから、昭和五十八年十月父が他界。母は昭和六十年八月二十七日、七十九歳で暑い日の夜に亡くなった。遠い埼玉県の病院のベッドで、しのび難い別れであった。

父が亡くなってから母は、妹二人が住んでいる埼玉県に移転した。秋田市では小川医院の島先生の掛かり付けであったが、すでに症状が出ている病であった。「会わないで居ると瘦《や》せていくのが見えるようだ」と母の友人は言っていたが、身内の欲目なのかあまり深刻に考えなかった。独り身を通している妹が手術の時もすべてを負ってくれたが、言い表せないほどの苦労をかけたのだった。

もう生きている日も少ないというので、私はさらしで白いお腰を何枚か縫った。盛岡で乗りかえ駅の階段は、足が重くて上りかねる程であった。弟は庭の虫の音を録音して、秋田をしのばせたのだろう。母へしてあげる事はもうあまりないのだと思っていたのである。

二十七日午後九時十分、ナースセンターにある母の心電図が下降した。多くの時間を費やした点滴が外された。臨終への花野は、母をどんな風景の中に誘ったのであろうか。遺体となった母は、病院の霊安室に運ばれた。足下に集まるコンクリートの冷えに、ぞくっとするものを思ってしまう。型どおりに葬儀屋が来て、戸田にある葬祭場へ運び、三体の柩《ひつぎ》が納められるようになっている霊安所の中央に安置されたのは、夜も十二時を過ぎていた。

看護疲れの妹たちに帰宅してもらい、柩の母と私だけになった。がらんどうに見える大きな建物の隅の一部屋に、香をたき灯明を切らさぬように、お水をしばしば新しいのに取り替えた。

秋田を出発するとき、こころして持参したお経や、幼い日の事を書いてある、千秋北の丸新町の母との日日を、声を出して語るように読んだ。

葬祭場の広場のむこうに大きな工場の機械音が、夜通し動き電灯が明るく窓から洩れている。こんなさびしいところにある工場はなにを生産しているのだろうか。夜露の降りる闇のむこうに見えていた建物は、夜の明けるにしたがって、だんだんとはっきりと形を整える。自分ながら、見えるにしたがって、大変な場所に居たことに気付くのだった。一人で母の通夜をしたのである。

朝七時ころ事務所の戸が開いたので話したところ、「あそこは、柩を置く所で人の居る所でないよ」とさりげなく言われた。他人にすれば一個の遺体であるかも知れないが、もう一緒に居ることなど出来ない母と一夜を明かし、これからのあの世の道行きなどを思う私は、やはり仏教的な花野行を頭に浮かべて、漂うように歩いていく母の後ろ姿を思ったのである。

次の二十八日妹たちと会ったら「姉さん一人置いて来てしまって」と慰めてくれる。柩の母とたった一人居た気丈な私のことを言ってくれるのであるが、あまりの緊張に涙も出ない私がそこに居た。

この葬祭場のある荒川沿いの戸田は、出版業の町らしく家の店先には、これから製本されるであろう印刷物がうず高く積まれていた。堤防の夏草は刈られ、石段を登ると広い川筋も、夏靄《もや》の彼方にあり対岸の木々も、ぼうとかすんで見える。知らない街で荼毘《だび》に付された母がいとおしく、涙があまり流れなかったのも、異郷でのあきらめが強かったのだろうか。
もう十三年も過ぎてしまったが、昭和という戦争の時代は、衣食住に苦労した多くの人々と同じく、母の苦労が思ってもいない時に、ぽかっと口をあけてしみじみとする。今私は幼い時から暮らした秋田市に住むことが出来たので、千秋公園の木々のさやぎにさえ、父の声、母の声に聞こえる時がある。鐘つき堂への道を右へ折れた緑陰の道には、春は野鳥のさえずり、夏は蟬しぐれ、晩秋はこげらのドラミングめいた響きがある。忘れ得ぬ身近な人達を、思い出させてくれる故郷の径である。

2004年「とのぐち」第22号

十五歳

小さいけれど大事にしている文庫本『津軽』には、見開きに、
津軽の雪
こな雪
つぶ雪

わた雪
みず雪
かた雪
ざらめ雪
こおり雪　（東奥年鑑より）

と、七つの雪の種類が冬への足音のように書かれている。こな雪やつぶ雪は、凍った朝の空気とも似て、痛いようでさらさらと固まることがない。また水分を含んだわた雪は、地面にぼたぼたと落ちてくるように降るので、七十センチ以上屋根に積もると、雪おろしをする人も多く、雪は危険といつも背中あわせな時もある。

寒さの繰り返しで、田んぼの表面はツンドラ状になる。かた雪の季節になると、誰が歩きはじめるという事もなく、自然に三角形の一辺を通る近道が、通学路になってしまった事を思い出す。受験期はこんな季節と重なって、期待と不安の入りまじった中学生と、親たちの声が聞こえるようである。

私の子育ての頃は、高校受験は一発勝負であった。次女などは「あぶない受験だった」と言うが、試練にたち向かうことは一大事なこととして、育ったようである。十五歳を迎えた長女の娘は、中学三年の受験期で塾通いが続いているのだろう。

里帰り分娩で生まれたこの子は、本当に小さくて新生児を識別するのに付けるピンク色の輪には、生母の名前と、57年1月8日9時35分と記されていた。私の指三本ほどしか入らない足首に巻かれた輪は、女の子という印でもある。雪の降りしきる朝方の思いを込めて「春香」と命名したのは若い父親の精いっぱいの表現なのかもしれない。

産前産後の休暇明けが近付くにつれて、春香の母は、ゼロ歳児保育にお願いして、育てる希望を燃やしていた。日差しのある時間を選んで、おくるみに包んで外の空気にもあてないと、と言って散歩に連れだすのであった。若い時は本当にこわいもの知らずである。

勤務地に近い柏市に住んでいたので、空路とタクシーを使い三人の住む家に着いた。ならし保育の一週間が過ぎて、職場に復帰したのであった。小さかった赤ん坊の春香も、送られてくる手紙や写真で、成長していくのがよく分かる。おむつの洗濯を軽減するため、保育園にあずける分は貸しおむつを利用したり、仕事でおそくなる日は、時間外保育もしてもらった。伝染性の手足口病やはしかの時は、手伝いがてら柏市へ出掛けていった。

春香の指吸いは親指だったし、二歳ちがいの弟光影はひとさし指であった。心もとないときに吸うこの行為は、あの小さい体の中から湧く、がまんの力だったのかも知れない。「小学校へ入ると自然に止みますよ」と言って下さったのは、女の人の働く姿を見るのが好きだという、今井保母さんであった。時代を感じる言葉である。

平成二年四月七日土曜日、午前十時から小学校の入学式である。その日を控えて柏市の娘の家へ出掛けた。

車窓には雪一面の仙北平野が広がって、表面を覆うざらめ雪は足を踏み入れると、ずぼっとぬかってしまいそうに緩んで見える。果樹園のリンゴの木の根元は、黒い土が丸く雪解けが進んで見える。これを根開きという風土的な季語に定着したのは、ついこの間であった様に思った。雑木林の梢も萌えだす前は墨絵のようで、幹を伝わって根開きが進んで見える。

勤務の時間の都合で、私が入学前の学童保育の説明会に出掛けた。柏市の福祉会館である。親も子も初体験の学童保育への期待は大きく、会場はあふれる程の熱気であった。柏市の職員の行き届いた会の進行で、私もどうにかやって行けるだろうと思ってはみたものの、親にも子にも状況によっては、がまんを強いられることが多かったのではと、親心がうずく。

そのひとつに、ある男性の方が「午後一時という時間は、一日休暇をとることになる。午前中で終われる会であればよかった」という提案があり、このことは根に深い勤務と家庭の両立を考えねばならない課題があると思われた。いまだに忘れず頭の中に残っていた。

日本がたどって来た経済成長の昭和晩年、平成のバブルの崩壊で、たくさんのひずみが生まれている。一日一日の平凡な積み重ねに、十五歳の春香のがんばりと、生き生きした高校生としての、飛翔を祈らずにはおられない。

外はまた降りだした春の雪に、木の枝にも雪の花が咲いた。春を待つ気持は、季節も人生もおんなじようである。

１９９９年「とのぐち」第17号

昼の月

居間には、その日その日の予定を書き込めるカレンダーと日めくりが柱に掛けてある。

今日一日を確かめるかのように、一枚ずつめくるこの日めくりには、新暦の数字が太くおおきく、旧暦は横書きで印刷されている。旧十月八日、大安、かのとひつじ、月齢は十月八日のお月さんということになる。

午後三時半頃の北西の空には、利鎌《とがま》の月といわれる三日月が出ていた。その後、時雨の日があって、半月になった昼の白い月は、漂うように空を渡っていた。

ちなみに月の出は、午前十一時二十分、月の入りは二十二時と新聞にある。東の空から昇る月は、晩秋の光の淡い季節には、懐かしい人にでも出会ったような気になる。とのぐち会の谷内さんの一文にあった「大根の切り損ないの月」と、昼の月を表現したのや、向田邦子作品のタイトル『だいこんの月』にだって、なるほどと思ってしまう。

半月の時にそのように見えるのは、半月になる弧の部分がきっちりと中心になるほど、向こうの空が透けて、薄切りになった部分とレース状に見えるのを言ったのだろう。切り損ないの大根とは、よくも言ったものである。

あれは、昼の月のような別れだったと思った事がある。私の娘たちは、地元の高校を出ると、就職したり進学だったりして、親元を離れていった。まだまだ嘴《くちばし》に黄色の残る子燕《つばめ》のようなものだったのに――。食事のとき箸を持つと、離れて行った子供を思い出して、よく涙があふれたものである。新聞は、その時代を民族の大移動などと、帰省する家族のことを報道している。十時間近く乗る東京までの急行列車「津軽」は、指定席のとれなかった学生にとっては遠い遠いふるさとへの旅であった。

昼月の別れのような葉書かな

心の片隅に淡く残された夏の思い出と昼の月を重ね合わせた一句である。月の出が午前十一時二十分、誰の目にもはっきりとは見えないが、確かに西の山に沈む時間は、二十二時という。親元を離れていても、生活し息づいているのを信じることが出来るのも、お月さんに似ているように想ってしまう。

一日一日が過ぎて、太陽が西の山へ沈むころに、東の空には満月が昇る。旧暦の十月十五日は、新暦の十一月二十二日にあたる。確かな季節のめぐりは、冬の間近い、雪催《もよ》いの空になっていく。

2000年「とのぐち」第18号

夏のスナップ写真

一九九九年、夏の記録となるスナップ写真をアルバムに貼っていく。十二枚撮りのフィルムが入っている私のカメラは、春に栃《とち》の若葉をバックにした一枚と木蓮が炎のように咲いていた日の二枚だけで、後の撮り残しを使ってもらうことにした。

竿燈行事のころから、さみだれ式に長女の家族が帰省して、にぎやかな日に恵まれた。歩いて二十分程で行ける動物園へ親子三人で出掛けた。少し足を伸ばして浜田の海でズボンをたくしあげているスナップも、十二枚撮りのフィルムの中に入っていた。

お盆の十四日、家族五人が揃って、バスで仁別に行くことにした。以前は、森林博物館までバスで行けたのに、自家用車の時代となり、あの九十九折《つづらお》りの山道を旭又のキャンプ場まで楽らくと走り通すので、バスの乗客は仁別が終点になってしまった。

リゾート施設「ザブーン」や植物園までは行けるが、太平山が前に立ちはだかっているので、山裾まで行ってみたいのが人情である。長女は私と一度歩いた事があったから、いくらか地理には詳しかったようだ。

そんな思いのあるところへ、植物園でボランティアの巡視をしている人の、

「川添のサイクリング道路を歩いて行くと、森林博物館への道に出ます。途中には滝や橋もあっ

て、山の滴りの涼しさは格別ですよ」
との助言で、歩くことにしたという。
旭川の源流になるこの川の瀬は、音をたてて流れ、銀やんまや、鬼やんまがすういと飛んでいたそうだ。

小学生のふくみは、ワンピースの裾をパンツの中に入れて、素足で川の流れにひたっている。小石まではっきり写っているスナップだ。務沢《むさわ》駅跡の一枚は、緑の深い雑木林を背景に、昔の懐かしさが私の中であふれてくるのであった。

かつては、森林軌道が秋田営林署の貯木場まで続いていて、杉の丸太を積んだトロッコと意気盛んな山の男たちの現場であった。「務沢斫伐《しゃくばつ》事業所」の建っていたところだ。国有林で作業する多くの人と戦後復興という大義名分があった国有林野にも、一条の光のある時代を今は懐かしく思う。

森林博物館には、畠山さんという管理の方が詳しい説明をして下さったという。ある一枚には、赤星蘭城の筆による「秋田営林局」の表札、太釘に掛けた部分が欠落している「秋田営林署」、その横に赤い消火器が並んで写っている。
「鹿角営林署」奥の方には「山形営林署」「鷹巣営林署」とまた一枚は肉太な「能代営林署」「上小阿仁営林署」など、醬という漢字と常用漢字の営でも書かれていた時代を振り返って見るようなスナップである。

「秋田營林局」の横に、身長が急に伸びた一七五センチの中学生の孫が並んでいる。この大きな表札は、二〇〇センチ位はあることなどを想像しながら、晩夏のアルバムの整理をした。

平成十一年四月秋田営林局は「東北森林管理局」となり秋田・山形・青森を管理する国有林事業となった。夫、興民は昭和十七年七座《ななくら》営林署に在勤し、昭和五十八年十二月、秋田営林署を最後に退職となる。林野を通しての余生の親しみは、山の瀬音のように歳月は遠のいていった。

2000年「とのぐち」第18号

三つ子の魂

（一）

高松に住む娘の明子から、大きな封筒に入った郵便物が届いた。消印は平成十二年二月十六日で、レンゲ草やナデシコの切手が合計七六〇円分も貼られていた。封を切ってみると、私の孫にあたる香菜子が念願にしていた、県立保育専門学院に合格できたという手紙と平成十二年度の学校案内が同封されていた。

折りたたみの見開きのページは、年間行事の入学式から、保育実習、研修旅行など、スナップ写真の形で紹介されている。四枚に折られたところを開くと、学校概要、教育課程、部活それに就職という具合に組まれている。

学校の沿革は、昭和二十六年七月に厚生省より保母養成の指定で開校されたとあった。私は香菜子と同じ年齢のころ、保育の勉強をしたので、すっかりこの学校案内に引き付けられてしまっていた。

香菜子の手紙を引用すると、

今は老人介護とか、高齢化社会で友だちもそういう学校に行く子もけっこういます。でもお年寄りが多いのも大変なことだけど、それと同時に、少ない子供たちや働く女性の問題も少しずつ大きくなってきているように思います。エンゼルプランっていうんだけど、女性が自分がスキなだけ子供を産んでも、その後その人が、今までどおりに働けるように支えていくため、延長保育とか、保育所を増やしたりすることも、今考えられてきています。あと、今、起こってる！　スゴクひどい事件ありますよね。通り魔事件が多くなってきていることもそうです。そういうのが多くなるのも、子供たちの命の大切さを教えることが欠けているからではないでしょうか。

あとＴＶゲームが普及して、普通にままごとや鬼ごっこで遊ぶ子も少なく、「ももたろう」を知らない子もいるそうです。童謡も同じで、そういうことをいっぱい吸収して、子供たちに教えていけるような、保育士や幼稚園の先生になりたいです。やりたいことたくさんあるのでこれからがんばって保育界の星になりたいです。小さな子供を預かるこの仕事は、とても大切で「三つ子の魂百まで」。小さいときの影響は大きいはずです。がんばります!!

このように将来の希望を手紙で伝えてくれた。真っ白いしなやかな香菜子の気持ちを、私の文章の中に組み込んでおけば、一筋縄でいかない時には、勇気を与えることもあるだろうと思い書いてみた。

（二）

平成四年七月、学校創立四〇周年を迎えた香川県立のこの学校と同じ趣旨で開校された、秋田県立保育専修学校は、昭和二十二年九月、秋田県の社会課が中心となって、現在の南通亀ノ丁にあった感恩講の建物で開校された。あの敗戦から一年余り、町角や旭川の流れも、外地より帰り着いた目には安心感があった。

南向き、西角地の門を入ると、松やつつじが程よく植えられた庭づたいに玄関があって、道路に面した部分は二階建てで事務室や教室になっていた。コの字形の前面は広場で、戦前はどのように活用されたのだろうか。広大な秋田市の一等地であった。秋田県社会福祉の草分けと言われた三浦三郎先生が設立の陰の立て役者であったらしい。

そのころ、女学校は五年制へ移行された年であったが、私は四年で卒業したことになっていた。戦いに負けた日本は誰もが衣食住すべてどん底の生活であったので、父は知人に頼んで土崎市立図書館に勤務するように取り計らってくれた。

セーラー服をぬいだ私に、母は自分のコートで三つボタンの掛かる上着を仕立ててもらい、門出の祝いとして送り出してくれた。本当に若かった。大工町から電車に乗って、八柳、本山町と通勤し、湊《みなと》ことばの「おめはん、どこから来たげ」にとまどったり、書庫にある多くの書物から閲覧のための一冊を探すのに苦労したが、館長の簗和さんにはよくめんどうを見てもらった。

でも、父は、これからの女の人は免状があった方がよいと、私を保育専修学校に入学するよう話してくれた。九月入学の生徒は四人だけで感恩講とのつながりのある人が三人で、募集記事で入学を決めたのは私だけであった。父は、保育所保母の資格を六か月で得られるのは、良い機会と思ったのだろう。

仙葉鈴江さん、金ユキさん、菊池ミエさん、小貫キクの私とたったの四人であった。

履修する科目と時間数は決まっていて、講師の戸櫟先生は秋田師範から来られた。日本国憲法、教育基本法、児童福祉法など、平等に生きて行ける世の中への勉強であった。児童心理の池上先生からは、犬に餌をやる時、いつも鈴を鳴らしていると、やがて鈴の音を聞いただけで、よだれをだらだら垂らすという条件反射のことを学んだのが印象に残っている。

三浦三郎先生は、社会事業一般で何事も人の嫌がる仕事を進んでやるようにと話された。女子師範附属幼稚園の富永先生は、女性が社会に進出するため必要な保育所、そして幼稚園教育などを通して新しい女性像を分かるように話されて、子供の好きな私はわくわくしたものである。

たくさん薪《まき》のあったこの建物は、寒い日はどんどんと赤く燃えるストーブを囲んで、一緒に居られる長崎先生には、創造性を伸ばすこと、絵本づくり、音感教育などを学んだ。しかし、六か月でなにが身に付くというのだろう。実際に現場に出て働きながら覚えるしかなく、オルガンもバイエルを終えたばかりで、現在の学生に比べると、箸にも棒にもかからないような私であった。

植物について詳しい半田雄三先生の研究室に長崎先生と訪問した。帰化植物の分布は秋田の海岸部にも広がり、特に河川敷のセイタカアワダチ草の繁茂をはじめて知った。酸性に強い西洋タンポポは増えるばかりで、日本在来種のタンポポが少なくなっている話などは、その後、野の草や花への関心が私の中で膨らんでいった。

（三）

現場実習の主な所は、楢山の城南園である。隣に婦人ホームがあって、戦争未亡人などの母子家庭の方が、子供を保育園にあずけて働きながら生活をしていた。誰もが大変な時代であったのに、よく生き抜いて来られたものである。一番町の秋田幼稚園、手形の双葉幼稚園にも先生と見学に行った。

セピア色になった小さい封筒から出てきた卒業の記録があった。毛筆の手書きである。

第二三號

卒業證書

秋田県　小貫キク

西洋紙半分ぐらいであるが、確かに卒業した証しである。その後、富永先生のお世話で附属幼稚園の助手として働いた日があった。紙芝居や絵本の読み聞かせなどは好きな仕事であった。目を輝かせて聞き入る子供の顔が、しばらく目に浮かんだりして、父も祖父も教師なので、このまま続けていたら別の人生が開けていただろうとしばしば思ったものだ。

助手である私の辞令に「月給二百八拾圓給與する」とある。昭和二十三年五月十八日付けである。米一升三十五円から間もなく五十円という闇値がまかり通っていたころである。

（四）

私の過去には、結婚して鷹巣町での三十年近い生活がある。その一ページに、町役場から季節保育所を町内で開くための協力要請があり説明会へ行った。町の民生委員でもあった永安寺の住職の取り計らいで、寺の一部を季節保育所に開放することになった。

まず急ごしらえのトイレを小玄関のわきに造り、廊下の太い梁《うつばり》を利用して、ぶらんこを二台造った。楽しそうな子もいたが、慣れないうちは子供はよく泣いて、家にもどったのを連れ戻し、おやつの菓子や粉乳でなだめたりした。でも、一年の成長は驚くほどで、次の年はよくお話を聞く子になっていた。

同じ寺領の中にある家から、五歳になった娘の明子と保育所に通った。参道の両脇には直径一メートルもある杉の切り株が並んでいた。そのうろから青大将が出ることもあって、寺のお庭はかっこうの子供の遊び場でもあり、夏休みのラジオ体操の会場でもあった。

藤原の義母《はは》の弟である正孝和尚さんは、もういまはいないが、子供たちのため精いっぱい奉仕をしてくれた。

「ののさまは、口ではなんにも言わないが、あなたのしたこと知っている」と歌うように教えた。隣町から現職の保母さんが来てくれ、オルガンは借り物であった。

朝のおはようも帰りのさようならも歌であった。そのころの農村はまだ機械化されていなかったので、田植えはすべて手植えであった。私と同じ年代の農家の嫁は、労働力として農作業に明け暮れた。姑の仕事の一つに孫かてがあった。保育所が出来ると、ばば（ばあさん）の用がなくなると言う反対意見があり、私の住んでいた集落は少し意識的に後れていたのかもしれない。二〇世紀に生を受け、保母は保育士という男女差のない名称となり、交通や通信も驚くばかりの発達である。昨今は人知を越えた恐ろしささえ感じてしまうのだ。

田植えの終わる初夏の思い出の花がある。泡のようなしもつけの花は、六地蔵の並んでいる右側のえごの木の下にたくさんの株があった。娘の明子にとって、お寺での保育所が大きな幼児体験であったのだろう。『シモツケの下で』という小説を、「四国作家」に福井明子で発表している。

しもつけの花の野草の匂いが、どんなに遠くなった故郷であっても忘れられない一縷《る》なものとして綴られている。

切り株を這い出る蟻を無意識につぶしたことやあぶら蟬の殻を帽子いっぱい拾い集めていたことなどが、素材になった明暗のある筋書きである。農村に住んで、農家ではなかった私の溶け込めない他人者《よそもの》意識が、子どもの心に投影していたのかもしれない。

四月から保育の勉強を始めた香菜子の手紙の中にあった「三つ子の魂百まで」の言葉がじんわりと胸にくる。

「蛙の子は蛙かしら」と、ふと思った。

2000年「とのぐち」第18号

風が運ぶ音

朝のまどろみの中で鐘の音を聞いたようで、耳を澄まして次の音を待った。冷えた空気の中を渡る鐘の音は、時鐘であるのか定かではないが、きっちり七時であった。新屋町には曹洞宗の天龍寺と一向宗の忠専寺がある。聞こえた音は確かに梵鐘の響きである。私の住む所より西の高台にある、欅の大樹に囲まれた忠専寺の鐘楼からの音らしい。

冬が近づくと、男鹿山や寒風山を越えてくるシベリヤおろしの北風が吹きつける。その風の影響でいままで聞こえなかった音の聞こえる日がある。

大森山動物園の終園の「蛍の光」の曲が流れるころは、芒が風で旗のようになびき秋が一日増しに深くなってくる。勤労感謝の日が閉園にあたり、動物たちは冬眠の季節になる。新屋高校のチャイムが聞こえる日は東風の日が多い。放課後の部活の呼び出しや野球部の練習の掛け声が力強く、下校時の十七時はドヴォルザークの新世界の曲がゆったりと流れてくる。

合川町に太平寺という寺院がある。親戚にあたるご好意で、はがき禅という通信が送られてくる。昭和五十五年に鐘楼を建立して、夏は朝五時夕方十八時、冬は朝六時夕方十七時に鐘を撞いている。これが自動タイマーで動くのではなく、十段ほどの石段を粛々と登り、一打一打と鐘を撞いてもう二十年も近いと、夫のいとこにあたる住職の亀谷健樹氏はおっしゃる。「お和尚さん鐘聞けたし」と寺から程遠い地域に住む人が告げに来てくれた、はがき禅の一枚があった。

鹿角市花輪町に、チャイムとして流れた曲がある。「山は夕焼け」小田島樹人の作曲であった。

山は夕焼けさびしいな
鶏さがしに出て来たが
穂に穂がゆれてまたゆれて
山は一面すすきの穂
明日は北風木の葉風

昭和のはじめの作曲で晩秋の景色がありありと目に映る。街騒も少なく心豊かだった人たちの、なつかしい思い出の曲だ。

とのぐち会で松本秋次先生と初めてお会いしたとき、この曲の話が出た。突然病床に伏されるようになった先生と二重映しになってしまう。もうふた月になろうとしている。一日も早いご回復を風が運ぶ音にのせて、念じよう。

2001年「とのぐち」第19号

秋二題

その一　真顔

稲田が実りの色を漂わしたころ、夫には入院の日が続いていた。よく晴れた空が六階の窓いっぱいに広がって、遠くに高尾山の山波が見える。夫の「明日はこなくていいよ」といった言葉を信じて、私は二日病院通いを休んだ。

胃の切除という、思ってもいなかった治療を選んだのである。でも、医学の進歩と薬の適切な使用で、一週間で抜糸、その日のうちに入浴の許可が出たので驚いてしまう。

点滴という血管から入る薬液のおかげで、体重が減ることもなく、三分がゆ五分がゆ、全がゆと軟らか食へ移っていった。そんな病状を見ていて、私はいくらか気を許していたのかも知れない。気保養もと考えたのは、切除を決心するまでの時間はしんどかったし、夫本人もそれ以上に大変だったことを思いながら、その言葉に甘えることにした。

秋は昼と夜の温度差があるほど、サルビアの花の色が濃くなる。とっさに秋のダリアを見に雄和町のダリア園へ行こうと思った。秋田駅前から中央交通バスで有楽町、笊町、牛島、仁井田を通り、雄和町役場前で下車し、少しの待ち時間があった。

雄物川の流れと対岸の山の杉の緑がすがすがしく、思わず背伸びでもしたい気持ちで辺りを見回した。思っていても実行できなかったのに、独りの自由さというのだろうか。

町内巡回バスで、ダリア園前に降りたのは、私の他に誰もいなかったが、自家用車の駐車場はいっぱいである。かやぶきの曲がり家、チーズ館と特徴のある建物が環境よく整って見える。ダリア園を囲む背山は屏風のように、前を流れる雄物川はゆったりと川幅が広い。川霧の流れる日を想像すると、ダリア栽培によくぞこの地を選んだものと、しばし思いにふける。

右手に、花圃全体が眺められます、と案内板がある。代表の鷲澤さんの、花の名前も楽しし、園内は素足で歩いているなどの、思い入れのある言葉を、市の広報誌で知った。百花繚乱どの花も見事なダリアである。

この花を私も育てた経験があり、まず支柱の立て方に注意して見る。三本を配した立て方は、台風にも強いのだ。茎や枝葉もがっしりとすばらしい。いつの日だったか二百十日近い台風予報に、たくさんのダリアを抱くほど切り取ったこともあった。大輪のデコラ咲きの朱はカルメン。あのフラメンコのタップが聞こえる花の色と名札が付いていて、私に真顔で迫ってくる。咲き分けの二色は、浮気心。交配の苦心作であろうか。

カクタス咲きの桃色は、よく植えたなじみの大輪花で、いまも私の好きな花である。中輪の白に芯になるほど淡い紫は、王女の気品があって、同じ小径の花を、行ったり来たりして眺めた。ポケットに入れたくなりそうなポンポンダリア。一輪ざしの花材になるので、来春はダリアを植えよう。

曲がり屋の前に俳句ポストがあったが、なんのまとまりもなく素通りした。

秋の影が長くのびて、一人の家にもどった。留守電ボタンを解除したけれど、格別な伝言もなく、病人も一日無事なようでほっとした。

刈り取りの終わった季節に退院し、田んぼの中の道を通って、予後を大事にしているけれど、夫の快復は思うようではない。食が細いのは、器が小さくなってしまったからで、気長な静養が必要なのだろう。老いてからの手術は避けたかったが医療の進歩も老人にとっては裏腹である。

俳句ポスト

背山霧雄物ゆったり交響す
虫時雨夫なし子なし吾のなし
黄菊畑むかし濃くなる人ばかり

その二　食用菊

秋田駅からバスを乗り継いで出掛けたダリア園探訪は、ひとりの旅か、頭の中がすっかり空っぽになっていた。

九月の夕方はまだ明るい。誰もいない家の中に座っていても、手持ちぶさたである。サンダルばきで外に出た。播いてひと月ばかりの大根の双葉は、間引きをするくらい育っている。

私は花も実益をとる食用菊を、ひと畝作っている。晩秋の鈍色の光の中で見える菊畑は、料理の素材としても楽しめるので、大事に手入れをしている。

三年に一度は根分けをするのだが、今年は植えっぱなしだ。その割に株も張っているので、芽が伸びたころに摘芯をする。摘まれたところから枝分かれして、頂に花の蕾をつけるための作業である。梅雨の前はアブラ虫防除、風や雨に枝がなびかないうちに支柱を立てる。と次々に手を掛けなければならない。

葉や茎が込んでくると、畝の形に二段三段と横に支え棒を渡す。この日も手持ちぶさたにかこつけ、三段目になる横の支え棒を手元が暗くなるまで作業をすることができた。

この花は晩生《おくて》なので、十月末になってやっと蕾に黄色い花弁がほころんだ。いよいよ収穫の日が近づいてくる。秋晴れが続いたので、すっかり花は咲ききって、雨予報になる前に収穫する。夕方の影が伸びる光の中で、籠いっぱいの黄菊を摘むことができた。隣家にもあげると、五歳の子も好物とか。こんな事で郷土の嗜好の味が伝えられるようでうれしかった。

花を食べるのは東北では山形県に多い、「もってのほか」。菜の花もその一つであるがあまり知らない。ハーブなどはサラダで食べるらしいが、黄菊の歯ざわりと色がとてもよい。ゆでる時に酢の香が台所に立ち込めるのも、秋の一日のおかげらしい。

十月に退院できた夫の術後食にも気骨の折れる日が続いたが、電話の言葉に力を得たり、好意ある方との出会いで切り抜けられた。遠方から見舞いに訪れた娘夫婦も、十一時の飛行機で発っていった。私は雨雲の上であろう爆音を、ベランダ越しの空を探るように見上げていた。

２００２年「とのぐち」第20号

追憶

かつては、山歩きの健脚を誇る夫と家の近くの里山をよく歩いた。鎮守の森を左にくねくねと馬車道が続く。

峠を越えると黒沢の集落で分校があった。大川姓が多くきっと代替わりして住み継いだ落人の村ではなかったろうか。「巽巨詠子」の雅号を持ち、現代俳句の旗手として名を残した大川港司氏の故郷である。

山の沢には所有者の名が地名になったり、字名になっているのを思い出すと、懐かしく印象深い。三助田沢はそのくねくねした馬車道を左に入った沢筋である。薄暗い杉林に入ると、けもの道沿いに水芭蕉の花が咲いた。べごのした、とこの地の人はいうが、テレビで報道されているほど、感興を呼ぶ花でもない。

沢伝いに流れでる水の音に、一番早く目を覚ます一輪草、日差しの方へ茎を伸ばすしょうじょうばかま、こごみ、たらのめなど、春の山の醍醐味がここにはあった。

町へ行くこともないこの地では、山歩きしかなかったのである。二人で歩く山道の探訪は奥へと入り込む。地の底から湧くような蟇《がま》の平たい声は、もう聞くことのできない森閑さで、あの時代に聞いておいて今はよかったと振り返って思い出す。声はすれども姿は見えずで、正体を確かめることの出来なかった小鳥がいた。春蟬のような音色で梢でよく鳴いていた。目の高さの枝に、きびたきが止まったという。羽根の下からのぞく黄の羽毛の美しい小鳥である。おおるり、きびたき、黒つぐみと、鳴き声の名手なのだと夫は教えてくれる。

時には一人で分け入った林で聞いた初夏の鳥に、つつどりがいる。かっこうより少し遅れて渡ってくる。ボッポーボッポッポーと筒を抜けてくる太いバスは、心の深い部分にまで明るく響く好きな鳥の声である。こんな山家の生活が孤独癖の私を、季語のある俳句の道へ引っ張り込んだのかもしれない。

「きのすけの林」という杉林があった。よく手入れされていて、青い森の空へ抜けるように立っている樹木の勢いに圧倒される。この林には太い指ほどのわらびが生えていて、歩き慣れた沢筋を庭を歩いているような感じで、わらびをポキポキと折る。

きのすけは医家で、三代目で男子二人の医師を育てた。杉の大樹の裏打ちがあったとか。義母《はは》の往診にきて下さった村医者の忠夫先生は、患者の親の代からの体質までご存じの身近な家庭医であった。

ぜんまいを採ったり、わらびを折ったり、蕗を刈るころには、林の茂りは人の出入りをとざすように緑が濃くなる。いまの家の庭にも芍薬の花が咲き、朱いおにげしの花が開くとき季節は薄暑となる。鳥打帽子に、杖を持って散歩に出る夫の後ろ姿に、かつての勇姿はない。夕映え色の人生をきっちりと生き継ぎたい。

2002年「とのぐち」第20号

かばんの中から生まれた話

大正時代の旅行かばんとして流行した、茶色の革製かばんは、長い間押し入れにあった。およそ百年も前からの年代物らしく、いかつい形をしている。

夫は春の日永にそのかばんを開いているようであった。中身は先代からの物で、その時々になつかしく、捨てかねた写真や手紙類などが多いようだ。

ある日、若葉の透ける陽のもとで、義母《はは》の卒業写真を見せてもらった。北秋田の田舎町から、その時代、県下といわれた秋田市にある聖霊学園に学んだ義母の晴れ姿は、紋付き袴、容姿端麗な三十名ほどの女学生の一人である。その中央に学園を創設されたシスターピア修院長の姿があった。ドイツから帰化されたのが大正三年。帰化名を園部ピアと名乗られて、大正の文化華やかであった日本の女子教育に、力を注がれた方である。まとわれている修道服は、現在も同じ紺色で胸までの白い固いカラーは、己を律するりんとした厳しさが伝わってくる。

大正四年の頃、女子職業学校で学んだ義母の作品に、日本刺繍がある。しだれ桜に小鳥を配した軸物が残されていて、作法や裁縫はもちろん、良妻賢母を育てることを目的として教育された、義母の娘時代の日々が伝わって来る。

見えない糸でもあったのか、私も終戦後、聖霊高女と呼ばれていた時代に、この校舎で一年半の短い学生生活があった。その頃の友人の姑が、義母と同期で共に寄宿舎生活をしていたようだ。義母はよく本を手にしている娘で、伝え聞く話にはよく尾鰭がつくものであるが、小説が好きだったとか……。八十歳を越した夫が、日がな飽きもせず読書をしている姿と重なってくる。

終戦後は聖霊高女の基本である宗教の時間が、月曜日の一校時にあった。神父による聖書の講義があり、ドイツが母国であるシスターには、戦時中禁止されていた英語の代わりに、ドイツ語の指導があって、特色のある学校になっていく。

旧校舎は現在の体育館の裏手が生徒の昇降口で、左手に五部屋ほどのオルガン室があった。脇の廊下は聖霊修道院へ続いていて、右に聖堂があり、私はよくこの祈りの場にひざまづいていた。同窓会誌に旧聖堂の写真が載っていたが、深く鎮まりかえった神の座である。高くかかげられた十字架のキリスト像は、異国の神であり、なかなか仰ぎ見ることができなかった。

いま思い返すと、あの終戦というか敗戦の混乱した時代に、こうした静かな場が私にあったことは、替えがたい慰めであったのだろう。一神教であるカトリック教と、森羅万象神が宿るという日本文化の中で、私の胸の奥処では、そのとまどいをどこかあいまいにして、今まで生き継いでしまっている。

ミサ聖祭での〈キリエ・レイソン〉、復活祭の〈ハレルヤ〉など、塔を持つ教会堂での荘厳なオルガン曲や、聖歌の歌声がいつも心に響き渡っていて、一途なまでの清純さが、カトリックの教えを受け入れていたのである。

いかついかばんからたぐった私の聖霊時代の思いは、ある日偶然手にした一冊の本から、糸がほつほつとほぐれるように、私の胸に広がり落ちたのである。

それはカトリック作家として、平成八年に亡くなられた遠藤周作氏の妻、遠藤順子さんの『夫の宿題』という本であった。順子さんは『沈黙』が出版されてから、わずか数年で時代が変わったと言っておられる。日本の伝統文化に根ざした視点にたちかえった、日本らしいキリスト教に、夫は生涯心血を注いだことを、この一冊の本から汲みとることができたのである。

異国のカトリック教を、「だぶだぶの洋服と見立て、日本人に合う洋服に仕立てあげた」と、夫周作氏がどこかに書いておられるが、順子夫人は、それを深く受けとめておられるのだ。

かばんの中から生まれた話は、義母が存命であれば百四歳という年齢になる。日本が近代化してきた百年は、ついこの間であったのだ。いつの世にも神仏を畏敬し、月には十六夜《いざよい》月、立待《たちまち》月があるように、四季の移ろいに身を染めて、書き綴りたいものとおもっている。

2005年「とのぐち」第23号

八〇〇m走

西の空があかねに染まっています。山の向こうは海ですが、夕ぐれが美しくてばあちゃんは、いっとき見とれていました。

どっとお日様がかげって、夕まぐれになってきます。そんな空の片隅からこうもりが二羽、三羽庭の木の梢をかすめるように飛び交っています。丁度蝶ネクタイでも飛んでいるようで、夕ぐれ空の航空ショーのようです。木の梢にはいつも雪虫のような羽虫が、湧くように群れる日があります。その羽虫を追っているのかも知れません。

その夜ファックスで「優秀賞」の賞状が送られてきました。

柏第五小学校　　　　鈴木ふくみ

あなたは女子八〇〇mにおいて／優秀な成績をおさめたので／これを賞しますというものでした。ばあちゃんは、よかったね、よかったねと思って、夕食後返事のファックスを送りました。

八〇〇m走で優秀賞をいただきおめでとう／秋田の家の前を通る陸橋は、八〇〇m位あると思います。新屋高校まで一〇〇〇mといいますので、そんな予想です／いっしょうけんめいなスピードで走るのが、見えるようです。

ふくみは小学校六年生です。姉も兄もいて、父も母もいる五人家族です。でも、兄とは六歳はなれているので、ふくみはずっと「早く大きくなろう」と思っていたのでしょう。六年生になり八〇〇m走でがんばりました。遠くに住んでいるばあちゃんの耳には、あの五歳の時の言葉が浮かんできます。

「ふくみ五歳よ」というくったくのない元気な声。

来春は中学生です。姉や兄の進路を見ているので、これからの道筋はふくみにとっては、まったくの手さぐりではないのですが、自立のある力を、この賞状からいただいて欲しいものです。

遠い日の夕空に浮かんでくる幼な顔と、八〇〇m走のふくみを、ばあちゃんは重ねて思い出していました。前方に見える大森山のテレビ塔に、標式の赤い灯が見えます。いつの間にか闇が降りて、一番星が輝いています。北斗七星もぐるっと西へ傾いて秋も深くなっていきます。

2004年「とのぐち」第22号

行く川の流れはたえずして

春太郎が生まれたのは、平成二十一年二月二十一日の朝であった。

雪国あきたの二月は、まだまだ寒いさ中である。床の中では目覚めていても、つい二番寝というまどろみに誘われるのだが、その日は虫のしらせというものがあるかのように、私はとうに起きだしていた。

その時電話が鳴った。昨夜来の積もった雪は、窓いっぱいに雪つぶてを付けて吹雪いていた。雪見舞いの電話かなと思いつつ、受話器をとった。

「五体満足な男の子が、午前六時五十分に生まれました。体重は三千六十八グラム、身長は……」と言っている。

はるかなる山河の虚空を渡って届く電波は、讃岐の地よりの男子《おのこ》誕生の一報であった。

三月六日が出産予定日の孫の香菜子の第二子で、一週間前後の動きはあっても、月満ちて生まれた五体満足の嬰《やや》だという。

まだしっかり握ったままであろう五本の手の指、これから大地をしっかりと踏みしめて歩きはじめる五本の足の指、目は、鼻は、口そして耳はと確かめる。自宅分娩の村や町の産婆の時代から、しっかりと見届けて、ほっと息を継ぎ、五体満足という言葉を得るのである。

安堵と、よろこびのいりまじった一瞬、陣痛の苦しみは、前夜から間断なく続いて、朝になったのであろう。お互い勤務の仕事をクリアして、出産にたちあった家族のきずなは、「案ずるより産むが易し」の通りであったと、伝えてくれる。

私がはじめて祖父母と呼ばれた長女の出産は、秋田市への里帰り分娩であった。本人はもちろんのこと、はじめて経験する不安や心配、あせりなどもあって、予定日を過ぎても産気づかなかった。香菜子のような自然分娩の安堵とは、また別な気遣いがあって、ひとつひとつ越えねばならないものがあった。

でも産前産後の休暇明けを控えて、長女の三樹子は産まれた女の子を抱いて、健気な姿で空路、夫の待つ家へ帰って行ったのである。

曾孫ともなれば、一拍おいて接することができる。まして讃岐までの距離感もあり、おもいだけが深くなる。抱きあげることも、頬ずりすることもできない。だがそこは心得ている先方の気遣いで、程なく赤ちゃんアルバムが送られてきた。

お産の時は女手だけでの時代は昭和、平成の世ではとうに過ぎていて、夫も産室へ入れるのか、ケイタイ電話を翳《かざ》すと、被写体としておさまったのは、産声をあげた嬰の一葉であった。

羊水に漂う薄明のなかから、無垢、無一物でこの世の空気を吸ったばかりの嬰の目は、まだねむた気にみえる。見てはならないものへの不思議さに、摂理という大いなるものが、頭の中をよぎっていった。

「自分の躰は父母からもらったもの、赤い血と白いリンパ液の結合……赤白《せきびゃく》二滴のしずくの水にすぎない」という、水上勉の随想『水の幻想――熊野曼陀羅私考』を読んだことがある。うぶ湯をつかった嬰は、しきりに口元を動かしている。ほどなく乳首を近づけると、まさぐるかのような仕草で吸い付いたという。この世の空気を肺に吸い込んで、だんだんと人の子らしい、赤ン坊に見える。一枚一枚の写真に見入っていた。

母乳が充分なので、あまり泣くこともなく、まだ胎内からの眠りが残っているような、睡眠らしい。手をかざして育む親心のおかげで、一年近い月日を経て、人の子はやっと這い、立って歩みはじめる。

高貴な丹頂鶴は、卵より孵《かえ》ると外敵から身を守るために、間もなく巣のあたりより離れるとか。ぬれた羽毛、おぼつかない立ち姿で、親鳥の後について歩みはじめる。

いま『方丈記』の「行く川の流れはたえずして」の一節をおもい返す。自分の子育ての日常は、いつしか無常なおもいになって、生きかわり、死にかわりの万物の命の歴史の中で、連綿と流れる水となるにちがいない。

余生となっていく老夫婦の日々は、自分らしい制約のない静かさに恵まれている。赤ちゃんアルバムの二冊めが届く日は、あきたも春たけなわとなるであろう。

2009年「とのぐち」第27号

万葉の心

一

晋州《しんしゅう》高女三年生のわたしは、全校生徒が集まった講堂で、国歌「君が代」と「海ゆかば」を斉唱していた。

海行かば水漬《みず》く屍《かばね》／山行かば草生《くさむ》す屍
大君《おおきみ》の辺《へ》にこそ死なめ／かへりみはせじ

万葉集の一首、大伴家持の詠まれた和歌に、昭和十二年になって、信時潔《のぶときよし》が曲を付けられたのであるが、戦意高揚の意味か、四大節という祝日には、学校でも唱うようになっていた。四方拝（一月一日）紀元節（二月十一日）天長節（四月二十九日）明治節（十一月三日）。この日は服装をあらため、登校してお祝いの行事があった。

ある日校庭で朝礼があり、出席番号順に並んでいた。わたしは、ワヰウヱヲのヲ、小貫なので、六十番の最後であった。壇上の教師からは、遠く目が届かないと思っていたので、五十九番の渡辺和さんが、そっと耳打ちをして言った。

「兄さんが特攻隊に行ったの、あなたの家では誰も行かないでしょう」と言う。

昭和十八年の秋であったろう。やっと一人前《ひとりまえ》に育てあげたばかりの男子なのに、特攻隊を志願した兄をおもっている、渡辺和さんの言葉が忘れられない。いま八十歳を迎えるわたしの頭脳の襞に、深く折りたたまれた、命の重さをおもってしまう。

朝礼の最後列にいた二人であったが、渡辺和さんにその時、わたしがどんな言葉を返したのか、いまとなっては分からない。

万葉の時代に詠まれた「海ゆかば」は、信時潔の作曲で有名になっていった。

〈全体的に緩やかなテンポの荘重、かつ荘厳な曲にして、よく鎮魂の大任を果たすことができた。〉

とこの作曲の評をしている。（出典：フリー百科事典）終生忘れることのない、鎮魂の心が胸に迫ってくるのである。

少しくわしく特攻隊のことを知りたくて、図書館へ行った。係の人から、持ち出し禁止の一冊を見せられたのは『秋田県の特攻隊員』という貴重な本であった。

本の扉を開くと、聯合艦隊司令長官、山本五十六の旗艦「長門」に立つ、端正で凛凛《りり》しい姿があった。ページを繰る毎に、散華した特攻隊員を知るのであるが、あまりの若さに心が痛む。十九歳、二十歳、二十一歳と、海軍航空隊の訓練を経た履歴が記されている。

〈日本の純真な若い特攻隊たちは、過激だったともよくいわれる。ひたすら祖国を憂いる貴い情熱があるばかり、代償を求めない純真な行為、そこに真の偉大さがあり、逆上と紙一重のファシュズムとは、根本的に異質な祖国防衛の人柱である。〉

この引用は、その時代の精神的な流れのなかでなければ、表現できないとおもって付記したのであろう。

終戦の昭和二十年八月を間近にした八月四日、戦死の関海軍大尉、四月十一日の工藤海軍少尉、六日の奈良海軍少尉など、沖縄本島近くの島で、敵艦船に体当たりを敢行と記されているが、その他にも多くの隊員の、若い命の散華を知ることになる。

その隊員の出身地は能代市であったり、秋田市金足などと読みすすむにつれて、残された家族の姿が、兄上を戦地に送った渡辺和さんの、はりつめた言葉と重なってくるのであった。

父上様、母上様、弟や妹に宛てた短いハガキ文、故郷の山や川へのおもいの遺筆は、「いまここに至って一世一代の栄えある死場所を得たことは、日本男子の本懐である」と結び、日本人の持っている「短歌的叙情」に身を置いて、おののきも、悲しみも超越した、心情あふるる短歌が詠《うた》われていて、あまりにも潔く、もう言葉もないのである。

昭和を生き継いだ年代の人は、武士道や大和魂の義をおもんずる精神構造を、いまも澱《おり》のように持っている。

この一文を綴るきっかけとなったのが、檀ふみが司会をした「日めくり万葉集」という三時間ぶっ通しのテレビ放映である。

巻一・二〇・額田王《ぬかたのおおきみ》の歌ではじまる〈あかねさす紫《むらさき》野《の》行《い》き標《しめ》野《の》行《い》き〉と詠みすすんでいくのだが、万葉集が編まれてから、千二百年以上も前のことでありながら、いまわたしたちも共感できることは、なんて素敵なことであるかと彼女は語っている。が、番組も終わりに近づいたとき、ふっと言いよどんだ一首が「海行かば」であった。父、檀一雄が、万葉集のなかの一首として教えてくれたという。他にも佳い歌があるので、詠んで欲しいと司会の任を終えている。だが「海行かば」は、戦後の世、情に合わないと、〈くさいものにはふた〉の形で、時代は流れていった。なにか、とてもせつなく悲しい気持で、釈然としない。

現代でも共感できる万葉の歌は、山上憶良《やまのうえのおくら》の「瓜食めば子ども思ほゆ／栗食めばまして偲ばゆ……」の巻五・八〇二は、誰でも知っている一首である。

天平のむかし、中国への使節、遣唐使はいつ難破するとも知れない粗末な船で、難波津より玄海灘へと消えていく。ひとり息子への母の相聞の歌、巻九・一七九一「旅人の宿りせむ野に霜降らば／わが子羽ぐくめ天《あま》の鶴群」と、冬空を渡る鶴の群に、おもいを託したのだ。利便性にすぐれた現代とは、あまりに掛け離れているが、自然界を通して見つめる、母情の濃さは変わりがなく、人の世はこうして引き継がれていくのであろう。

二

朝鮮慶尚南道・二班城小学校の校長であった父と一緒に、晋州高女の入学式へ行った。桜の花の咲く季節と重なって、入学の日は女学校の制服に身を包んだ自分が、とても誇らしくおもえて、胸いっぱいで講堂へ入った。

学校までは、汽車で約一時間ほどかかったが、石炭の力で黒い煙を吐き、なんだ坂、こんな坂という意気込みで走るのだが、石炭を足す量が充分でないのか、坂の途中でガタガタと音をたてて、後もどりをする事もあり、汽車の延着でよく学校には遅刻した。

終点の晋州駅で下車し、南江《なんこう》という川に架かる橋を渡る。二キロほど歩いて左の小路に入り、煉瓦造りの二階建ての校舎の正門をくぐった。受験番号は三一四番。小数点を入れると円周率と同じなので、忘れることはない。六十人一クラスの六十番で、学年の一八〇人目だったのは、一年三組のせいだ。

担任の井上先生は、国語の教師で福岡県の出身とのことである。釜山港から船で玄海灘を渡ると、もう福岡の博多港である。

なぜ女高師出の独身女性が、海を渡らねばならなかったのだろう。父もそうであったように、国策に沿って外地への転勤は、日本人を国外へと分散させ、国力を世界に示す政策であった。そして敗戦、戦後の窮乏と悲劇を生んだのである。

乾いた砂が水を吸うように、井上先生の授業は身にしみて、高村光太郎の「智恵子抄」や、与謝野晶子の「君死に給ふことなかれ」の詩など、少し度の強い縁なしの眼鏡の奥から、熱っぽく静かに語られる袴姿の女教師であった。

戦は緊迫していたかもしれないが、まだ勤労奉仕に明け暮れる日常ではなかった。教科書も文部省検定済みで、英語も数学も物象といった時間は、実験もあって勉強は楽しかった。

朝鮮の同級生は、英語のスペルをハングル文字で書き込み、発音よく英語の音読ができたのは、朝鮮語の発音と、日本語の発音のちがいであり、いま考えると複雑なおもいがする。朝鮮民族の誇りを胸に深くおもい、後に国の最前線に立つ人間になった方も多かろう。

与謝野晶子の詩は、井上担任が放課後の時間に話してくれた。高村光太郎のこと、智恵子のこと、「東京には本当の空がないという」など、一段と昇華した二人の姿がまなうらに浮かぶ。とのぐち旅行で、高村山荘を訪れたとき、戦後を一人で暮らした光太郎の日常の清貧さ、人間界を超越した哀しさにあふれて、胸のふたぐおもいであった。

大戦中は思想的にも厳しい時代で、特高警察の目が常にひかっていた。晶子の詠んだ激しさは、弟の出征による一編で、普通の女たちには詠めない詩である。日清日露の戦のころは、第二次世界大戦の時代より、人間らしい言葉も受け入れてくれた時代であったことを、後になって知ることになる。

中等学校教育を修了したことになっているが、二年生の時も三年生の時も、何を学習したのか記憶にない。制服のスカートが、手づくりのモンペの形になったり、防空ずきんに、住所氏名、血液型を書いた布を縫い付け、勤労奉仕が続くようになっていった。歌ったのは軍歌が多く、映画は学校からの引率で、時局ニュースや、高峰秀子主演の「湖畔の宿」を見ている。

パレンバンに散った落下傘部隊の歌は、「碧より青き大空に大空に／たちまち開くいく千の……」と続くニュース映画、グアム、サイパンでの玉砕が伝えられ、女、子供は敵の辱《はずかし》めを受けるのを恥じ、断崖から海へ身を投じ果てている。沖縄戦では、同年齢の「ひめゆり部隊」の女学生も犠牲になった。

若い学徒までが出征する度に、「海行かば」は歌われて、作曲された信時潔は、苦しむことになる。作品は作者の手を離れると、ひとり歩きする。荘重で荘厳な鎮魂の曲としては、ふさわしいが、はからずも国策に使われてしまった。

生命《いのち》を燃焼の途上で絶った生命《せいめい》は、亡び去ることはない。こんなにも苛酷な時代の中で、日本列島の里山は、桜の咲く春を迎えて、雑木の萌黄が絵のようだ。散ってゆく花吹雪も、水に浮く花筏も、昔をいまになすよしもがなである。

2009年「とのぐち」第27号

昭和遠しや

昭和一桁生まれは、戦時体制に移る時代を、誰もがそれぞれの日々をかいくぐって生きてきた。八十余歳の今、鮮やかに記憶の中にあるものをたどってみたい。

私が秋田市の保戸野小学校二年生の時、秋田十七聯隊は、現在の中華民国である北支へ出兵する日を迎えた。市内中心部に面する聯隊の正門は、秋田市の玄関口である広小路に面していて、常に二名の歩哨が銃を持ち立っていた。

その日、上空には小型機が爆音を響かせ宙返りを繰り返し、秋田駅頭には、日の丸の小旗を振る多くの市民が集まった。

父を送った人、兄や弟を送った人、許嫁を送った人。戦地に赴いた人たちへの思いは計り知れない。そして、残された人の銃後の生活もまた質素を旨として忍耐の日々が続いていた。

その頃、父は小学校の訓導であった。校長職を得る条件で、兵役に等しいような形で外地への転勤を決めた。母にはなんの相談もなかったのは、その時代らしい。

私は四年生になっていた。緑組の佐藤先生と二人の級友が、駅まで見送りに来てくれた。上野で一泊。下関へ向かう列車で、弟が「お家へ帰ろう」と言って母を困らせていた。波の荒い玄界灘を関釜連絡船で越えた。赴任先の進永は、明治時代から移住した日本人がいて、農業や商業で財を成した人も多い土地であった。ほとんどが関西風訛りの標準語を使っていたので秋田訛りを笑われたりした。まずは広く田園の開けた町に一家は居を落ち着けた。現住所は、慶尚南道金海郡進永面であった。

冬は凍りが強く、空気の乾燥が激しく、三寒四温のはっきりとした大陸的な気候であった。

小学校は地元の子が入る普通学校と、内地から来た子が入る高等小学校があった。父は普通小学校に校長として赴任した。宿舎は校庭の一隅にあった。畳の部屋と押し入れ、朝鮮の気候に適したオンドルがあり、かまどと繋がっていたのでいつも温かかった。

春はこの国の代表的な花・レンギョウが咲き、宿舎の門はつる薔薇に囲まれていた。車井戸の側には柳の木が風を知らせるように枝を広げている。風になびく種類を「柳」、真っ直ぐなのを「楊」と呼んでいた。柳の下の蛙ではないが、父の姿を柳の下でよく見かけたものだ。放課後の涼しい時間に、男子生徒の頭髪をバリカンで刈っている。右手を動かし、左手で支える両手バリカン、右手だけの片手バリカンを器用に使っていた。

清潔好きな父は、私や弟たちにも日曜日には足指の爪、手指の爪を切り、綿棒での耳そうじ、風呂にもよく入れてくれた。当時、外地へ赴くことで給料に六割のプラスがあったという。今思うと父は、私たち五人の子供の教育費のために、大陸行きを決断したのではなかっただろうか。

衣食住は程よく整っていたが、乾燥の強い気候に喉の弱い母の体質は合わなかったようだ。五人の子どもがいた母は、近くに知人がいなかったので、少しの時間でも子どもを見てくれる人が欲しいと嘆いた。長女の私は盥《たらい》で洗濯をしたり、洗い物なども手伝ったが、家事を引き受ける母の肩にはおんぶの妹がいた。母の肩凝りは、子育ての疲れからきたものだったろうか。

折りにふれて、よく肩をもんであげた。掌を開いて、軽く力を抜いてリズムよくたたく。しばらくすると、私の両手もほかっとしてくる。母は肩の固まった血が散って、むずがゆくなり、楽になったよと言ってくれた。

私が小学校六年生になった時、母は喉の弱さと疲れから肋膜炎を発病し、子どもを置いて一人、遠くの大きな病院へ入院してしまった。生まれて一歳半にも満たない妹は、離乳食も受け付けずに、すぐ下痢気味になってよく泣いた。

夕方幼い妹をおんぶして、校庭を散歩する。泣きじゃくっていても、私との背なのぬくみで泣き止んでくれた。小さな妹の寝入ったのを見はからって、そっと布団におろす。そのころのおんぶ紐を「もったな」と言った。

先日、新聞の「くらし」欄に、「抱っこ！　おんぶ大判の布活用」と言う記事があり、眼をひいた。子どもが泣いたりぐずったりした場合に、重宝する抱っこひも、大判の布やさらしを活用する昔ながらの方法もある。子どもを抱いたとき安定感があり、腰や肩への負担も少ないのが特徴。災害時の備えとしても有効だ。


この一文に接し、はたと自分がしてきた子育てのことを考えた。私の「もったな」は、義母《はは》が用意してくれたが、新しい晒《さらし》の布だったので、初めのうちはとてもごわごわとして重く、使いづらかった。

赤ん坊をおんぶするのは、生まれてから百日程過ぎて首がしっかりすわってからなので、初めは誰かに背負わせてもらった。六か月が過ぎ、おすわりが出来るようになると、もったなを赤ん坊の背にまわして、自分の背中を近づけ背なに負う。肩から前におろし、バッテンの形で交差し、自分のお腹の辺りでしっかり結ぶ。両方の手が空き、家事も雑事も自在に出来た。寒い時は、亀の甲羅の形の綿入れを赤ん坊に着せた。今ではもう見掛けることもないが、北秋田の訛りでこれを「がめ」と言っていた。とても機能的でコートの役割も果たしていた。

母の背中から伝わる温もりに、赤ん坊もご機嫌である。時々お尻をぽんぽんすると、歌うように「ああ、ああ」と言う。この位になると這い這いができて、母の膝までたどり着く。しっかり抱っこして、手を動かす「にぎにぎ」や「おつむてんてん」、頭を動かす「かぶかぶ」などの芸をする。一層めんけぐ（可愛く）なった。

長女は、長男長女とも里帰り出産をした。産前産後は三か月ほど秋田市で過ごしたが、おんぶ紐とコートを用意してあげた。もう三十年も前のことである。

バス停などで、おんぶの若いお母さんを時々見掛ける。おんぶ紐も今はおしゃれで機能的にもずいぶん工夫されているようだ。人混みでも災害があっても、自分の背中にしっかりおんぶした子どもは、何ものにも替えがたい。

父母の昭和遠しや雪しんしん

（平成二十九年一月二十日）

随筆2　ものの味

ものの味

真白い肌の大根が届けられた。木枯らしの一陣は去ったが、雪空には少し間がある。薄墨色の空を背に、大根の重さと張りには秋の充実を、白い肌の冷たさには清浄ささえ思われて、好もしい。

当世は、あまり漬物を食べなくなったが、季節の味としての大根は、幾通りにもなじむ肌合いをもっている。冷たくてざくざくとしたなた漬は、梨でも食べているようだと義母《はは》は言う。寒さは漬物をおいしくする第一条件で、げくら漬の別名があるのも、鉈で削《そ》ぐ擬音から出た方言であろう。

手前味噌という表現がある。自分を自慢することに使われるが、女達は味噌が味よく出来ると自慢げに、「これは、はら合せだえ」と言い合った。豆と糀が同量に入っていて、塩の割合を控えうま味を出すのである。味噌倉があり、当然、樽の置き場所も倉の中と決まっていた。梯子を掛けて樽に味噌を仕込む。五斗樽など大家族では必要量であり、仕込んで一年余りたつまでは、期待と不安のいりまじった時間である。山吹色で風味のよい味噌になっていれば、ほっと安堵の一刻である。

こんな事が習慣になり、秋田市に住んでからも、仕込み味噌を求め、樽で一年おく事にして食べている。

味噌漬け大根も、塩分が多いと敬遠されるが、白いお粥に、母が細くきざんでくれたのも忘れられない。風邪ひきの喉には、あまずっぱい梅と紫蘇を、くず湯にかきまぜると、口あんばいがよく、病気の回復のきっかけとなる母の味であったっけ。

もう幻の味となったハタハタずしも忘れられない。朝明けを待ちきれず、寒い風と一緒に聞こえてくるハタハタ売りの振れ声に、飛び出して箱ごと買う。三箱買ったえ、五箱だえと、女達の腕のふるいどころで血がさわぐ。ひと晩バラバラと塩を振って、あのべろめきのぶりこを固めるのだ。次の朝固まったぶりこの入ったハタハタを水に入れて、ぬめりを洗い流す。井戸水は冬は暖かく、一匹ずつ魚を吟味しながら水を使う。次第に手は水ぼてりを感じてくる。洗いながら姿のよい魚は一匹ずしに、細かいのは切りずし用に選り分ける。水を充分に使えるのは、心が満ちてくるおもいであった。

腐敗を防ぐために、ささめをとる（ハタハタのエラを抜く）。指を傷つけないよう白い布を人指しゆびにからげ、百匹も二百匹も寒い台所で下拵えをする。いよいよすし桶に塩を振り、湯気のあがる白いご飯をいっときおいきを抜くといって間をおく。あとはハタハタを均等に並べて、塩、糀、ご飯、酒を振る。このときの匂いがまたなんとも言えず、色づけに花型の人参を散らして、一段一段重ねていく。大きな重い石を重ね、馴鮨になるのを待つ。

新年の皿付けの出来ばえはよく、家族揃って屠蘇酒を祝ったものであった。

1985年「とのぐち」第3号

もってのほか

花を食べるふるさと料理に食用菊がある。紫のちりめん絞りを展げたように見える「もってのほか」は、細かい管もの菊の種類に似た花で、さっと茹でた花を小皿に盛りつけるころの季節は、秋のおごりのようでうれしい。

たっぷりのお湯に酢をさして、あの細かい花びらをぱらぱらと入れ、菜箸でさっと返す。なるべく空気にふれる間を少なくすることで色が出る。いっきに笊にとってあらかじめボールに張った水へさっとくぐらせると、得も言われぬちりめん絞りのような菊のおひたしになり、香りや歯ざわりは季節の一品でもある。

もってのほかの菊畠を遠くに見たのは、十月の末とのぐち会の小旅行、酒田への車の窓ごしであった。この日は秋晴れで本荘、象潟、吹浦と海岸沿いを通る風景を楽しみに出掛けた。

鳥海山の雄姿を仰ぐことは叶わなかったが、本間美術館を振り出しに、日和山公園に登った。展望台から見える酒田港や、日本最古の木造の灯台など立派に保存されていた。最上川を詠んだ芭蕉や斎藤茂吉の文学碑は、日本海を背に輝いて見えた。

午後から土門拳記念館を見学した。写真家の巨匠土門拳の作品は、古寺巡礼をテーマに、室生寺や法隆寺など、心のふるさととの展示であった。

中庭の彫刻や「流れ」と名づけられた石の配材などには、温かく語りかけてくれるものがあった。

再来を約し四時すぎ記念館を出発した。短日の秋は酒田郊外の砂丘畠を走る頃には夕暮れ近く、取り残された野菜畠のかたわらには、うす紫の菊畠が車窓を後ずさる。

あきた地方にも多い黄色の食用菊は、花びらがぼってりとしているせいか、こぼれんばかりに咲き満ちている。これから続く晩秋の空には、この黄ぎくが私には風景のひきたて役にも思えるのであった。

なた漬け大根の白さに散らす黄色や、飴色に漬けたあねこ漬の黄色も、この黄ぎくの色である。対照的なふた色の花のことを思っているうちに、秋田市をめざす海岸線の帰路には、夕日が水平線を真っ赤に染めて、名残りおしい旅の一日であった。

1988年「とのぐち」第6号

古いもの

もう年齢的にも下りの坂道にさしかかった私の生活は、物を少なくして暮らす事が信条でなければと思っている。引っ越しをする時に随分ともったいないものまで捨ててしまっている。急いで押し込んだままになっているダンボール箱を開くと、若いときのゆかた、四ツ身仕立ての子供ゆかた、色の黄ばんだ丹前下なども大事にしまい込んであった。ひと昔前はおむつや雑巾などにして使ったが、いまはその必要もなくなってしまった。

ひまにまかせて解き物をする。膝の上で布をのすと、やわらかさと、なつかしさのいりまじった匂いまでが思い出のなかに浮かんで、何度も布をのした。開け放たれた窓からは、早苗田の風が布ぼこりを気にすることもなく持ち去ってくれる。抜き糸は小箱にまとめた。

身頃、おくみ、衿、袖と、単衣物の丹前下を解くと、こんな名称に分けられる。いままで前身頃にした布は後身頃にして背縫いをする。袷仕立てにするのでもう一枚分の単衣物を解いて、前と同じ要領で背縫いをして、裾で合わせる。前幅は幅いっぱいにして、衿を通して縫う棒衿仕立ての簡単な二枚はだこが出来上がった。表は男物の白絣で、裏は本裁ちの娘のゆかただったりして、楽しく仕上がった。

なんども冬に丹前下として重ねる。単衣仕立てのひんやりとしたところがなく、着心地がふんわりとして眠りを誘う。いざ洗濯をして干すときになって考え込んでしまった。もうこんな布地への心地よさを楽しんでいるのも、私で終わりであろう。寝具も洋風化され、肌掛けや毛布、羽毛布団となっている。

ある人が都会のベランダに干されている布団を見て、「丹前着てるの秋田の人ばりだと」と言っていた。肩が暖かく体になじんで冬の夜には必需品である。着古したウールの着物を解いて、寒くなる前に丹前や丹前下を縫いたいと思っている。

1988年「とのぐち」第6号

北秋田の言葉

北秋田郡鷹巣町で三十余年の歳月をすごした。子育ての頃におぼえたものや、姑が使っていた言葉を記憶のなかから引きだしてみた。

アジマシ

「アジ」は、味のある「アジ」で、よいとかうまいとか、ゆっくりするという表現。今朝から初冬の日がまぶしい。冬へむかう雪国では、もうこんな天気も長くは続くまいと、みんなが外出して、家の中は静かで「なんとアジマシくてこてらえね」と好きなことに精を出してしまう。

アネコだ

「おせじを使う人」または「シタパラコギ」などとも言う。くさかめ虫を北秋田では、アネコ虫と言った。冬ごもりからさめたこの虫は、日向にのこのこ這い出してくる。ほうきで掃き出そうと一寸さわると、猛烈な臭気を放つ総スカンクというところである。小さい形をしてアネコ虫とはぴったしな名前だ。

コバシリ

コバシリという標準語もあるが、ちょっとおもむきがちがう。恵子はまだ五歳である。泣きだすといつまでも止まらないで困ってしまう。お使いが大好きなので「豆腐かってきて」と言うと、ピタリと泣きやんで行ってくれる。モへしょわせるとコバシリきいてたいした重宝したこともあった。小間使いということになるか。

エダガイ、又は、チョット

エダガイは、いらっしゃいますかとも訳される。小学校へ入学したばかりの一年生が教員室の入り口に立って、エダガイと言って先生の机のところまで行って用事をたしたとか。居合わせた先生たち顔を見合わせ、ほほえんだというエピソード。
チョットは、店に買い物に行って「チョットー」と大きな声で呼んでも、なかなか店の人は出てこない。又「チョットー」やっと買い物が出来た。

マデに
丁寧にとも使う。針みち通してたんえ。少しばかりおそく仕上がっても、きれいに見えるすべ。ウニャーあの人マデだえな、倹約またはケチだとも使った。おらえの本家だば、マデだえな、堅てかまどとはそういうものだえー。
昔、きだいの家といわれる本家があった。正月礼に使うお膳の焼き魚の鯛は、木でつくったものだったので、木鯛の家といわれた。にらみ鯛といって箸をつけないものだから、合理的であると思った。

1989年「とのぐち」第7号

風花

その一

二回目のけの汁会を開いたのは、二月二日であった。材料になる山菜や、大豆のジンダを手のひら状に焼いたのは、特に味のきめ手になるので、男鹿の渡部さんが持参し、会場は野口さんのマンションであった。

大鍋の煮えたつまでの間にお茶が入った。十一階の椅子に掛けて眺めた冬の景色は、物かげにさえ残雪らしきものも見えず、真下に中通小学校のグラウンドが、一升ますのように建物に囲まれて見えた。小路をはさんで営林局の三階までの窓は、蛍光灯の光がぼうと見える。西根小屋町といわれた頃のこの道は私の通学路で、凍った雪道でひどく転んだことがあった。長靴がすり減っていることもあるが、凍った日の歩き方は小走りに少し滑るような気持で歩くのがコツだったのに、と独り言になっていた。視線を伸ばしたところには最近の新聞で知った聖霊高校のチャペルが見えて、忘れかけていた女学生時代のことが思い出された。もう四十年も前のことである。

終戦直後の混乱のなかで、勤労奉仕の延長として体育館で印刷された、通称議事堂の十円札は、三年東組と西組が交替でその作業にあたり、私はその一員であった。

体育館に続く昇降口を入った突き当たりの教室には、紙幣を印刷する紙が積まれていた。工場側の話によると粗悪な紙で、紙幣には欠かせない、楮《こうぞ》、三椏《みつまた》などの原料が三％しか混入されていないパルプの再生紙であった。その頃、学生が使っていたノートの紙は、鉛筆で書くのにもやっとの、滑りの悪いものであったから、ここに置かれた紙の白さとすべすべした手ざわりは高級なものと思って大事に取り扱った。

作業をするときの服装は、セーラー服の胸当てに、白線で千鳥が縫いつけられた制服で、その上にお掃除のときと同じ、白いかっぽう着をつけて、髪には日本手拭いをかぶり三つ編みのお下げが、両脇にのぞく姿であった。

印刷に使われる大きな紙（A全変形紙）の枚数をかぞえるのが、私たちには魅力のある作業であった。紙の右端を親指を上に、残りの四本指を台にして紙をはじくような感じで親指を上下にうごかし、孔雀が羽根を開くように、バッと開いて五枚ずつ数えた。枚数の決まったものを体育館の舞台裏あたりの乾燥室に運んだり、裁断機のまわりや工場内の清掃をした。もう確かな記憶はないが、大きな紙一枚に六十四枚の十円札が印刷されて、つぎつぎに出てくる。

いよいよ裁断機で裁ち、おび封をしてお札らしくなるまでの過程をまのあたりにしたのである。おもえば不思議な体験であった。よく燃える薪ストーブの側で見張り番のおまわりさんが、たぬき寝入りであったのか、舟をこいでいることもあり、極秘なこととは、いままで知らなかった。

勉学よりも勤労が重んじられた時代なので、作業をすることが楽しく、事故らしいこともなく、昭和二十一年七月、工場は閉鎖されている。体育館はその後修復されて、二十三年春には中等教育といわれた女学校の卒業式をしたことは確かである。

書き残しておくことでの伝達の確かさなどを話しあっている間に、味のきまった実だくさんのけの汁はお椀に盛られていた。十一階の窓には冬の薄日のなかに舞う風花のような雪がちらつきはじめていた。

その二

作業を通して知った思い出のなかに相場信太郎先生が居られる。戦時中、食糧増産のために雄物川鉄橋（国鉄）の下に学校菜園があった。いまでは想像もつかない女学生の列が、校門を出て笊町、牛島橋を渡り商店のたち並ぶ町を抜けて開《ひらき》に出る。線路を渡って大根畑のつづくなかを通りながら、むこうに見える緑の森の中に先生のお住まいの仁井田部落が見えるのであった。歩きながらのおしゃべりは、先生のことに及ぶこともあった。

詩をつくるより田を作れといわれた時代であったのに、多くの文筆活動をしていることを知って、忘れることの出来ない先生となってしまったのも、この頃からのことである。

吹きさらしの畷《なわて》の果てが雄物川堤防であった。いっきに駆け登ると、目の下に野菜畑が広がっている。さつまいもの蔓が伸びているなかの雑草を抜くのが、その日の作業であった。おしゃべりのほうが多い畑の畝の端に、おもいがけないものを見てしまった。人形の丈は五十糎《センチメートル》位もあったろう。顔も手も足も、きっちりと結われた藁人形の胸に五寸釘が打たれたものである。それは小説などには出てくるが、この目で見たのははじめてであった。どこから流れ着いたものだろうか。雄物川上流から洪水のときにでも漂って来たものやら、どんな怨念を負ったものか、少女であった頃の驚きが、いまも忘れられない。

教室での相場先生の姿より知らなかった私の手許に、いま「叢園」の追悼特集号がある。年譜によると昭和十九年四月、聖霊高等女学校へ勤務され、農業科を受け持たれている。その間応召されたりしているが、二十二年三月退職されているので、ほんとうに短い生徒としてのご縁であった。

勉学よりも勤労の多かった学生時代は、秋田市を離れていた私にとって、体を通してふるさとをおもう気持も学んだように思った。

『秋田歳時記』には、勝平得之の版画(カラー版)と先生の文章が載っている。

〈秋田の春はおそい。暦のうえの〝立春〟も雪の中である。それでも二月になると、日の光が、ツララのたれ下がった家の窓べから、すすけた「カマド」にさしこんで、春が音もなく動き出す〉

春夏秋冬、正月と年中行事などの素朴で土の匂いに満ちたものを読むとき、身ぼてりの思いを忘れることが出来ない。折りにふれて、先生の残されたものをもっと吸収しなくてはと思っている。

1989年「とのぐち」第7号

指ぬき

小学校は四年生から、女子には裁縫の時間があった。母が揃えてくれたセルロイドの裁縫箱の中には、メリンスの小柄模様の針さしに、赤や白、ピンクなどの待ち針が十本と、長いくけ針、短い縫い針が、きめられた数だけ刺してあった。（その時間の終わりに針の数をかぞえさせた）糸切り鋏や、標《しるし》つけのへら、皮に色のついたセルロイドをはめこんだ、新しい指ぬきなどが入っていた。

いまのように、ミシンが普及していなかったので、縫い方の基本は運針が第一であった。小さい中指にぎこちなく指ぬきをして、赤い縫い糸でまっすぐに引かれた運針用布の上を縫っていく。表の針目が揃っても、裏の針目はおどり針になって、苦心したものである。生まれつきの器用さもあるが、練習だけが上達の方法で、いつになったら母のように縫えるのかしらと思ったものである。

「新裁縫教科書巻一」が手許にある。表紙がやっとついている、只一冊の中等学校の教科書だ。裁縫をする心得や、運針、ひとえ、袷、一ツ身、四ツ身、綿入れ、繕い方まで載っている。戦時中の勤労奉仕などで、授業時間もすくなく、浴衣を縫えるようになる頃は、戦争は激しくなるばかりであった。

見よう見まねで、日常生活に必要な丹前なども縫った。いま使っている裁縫箱は、クッキーの空き缶である。雑多なものが入っているなかに、老眼鏡があるのも、不思議ではない歳になってしまった。その他に指ぬきが二種類ある。短い縫い針を使うための指ぬきは、中指の第一関節の下に表をむけて、もうひとつは、中指の手のひらのつけ根まで、すとんと据えるような皿てっかというのである。

長い針でもこの指ぬきがあると、固い布でもきれいに仕上がる。作業衣の繕いや、ぞうきんを刺して使った時代は、重宝なもののようであった。この皿てっかは、姑の小引出しつきの裁縫箱の中からいただいた。

老後の姑が、よくお茶ふきんを刺しているのを見て育った娘は、刺し子に魅せられたように、子供の洋服の胸や裾に、模様を刺した洋服を着せて、里帰りしたことがあった。

懸命に刺している時は、望郷のおもいも薄らぐだろうかと、いじらしく思えて、だんだん大人になっていく娘を思った頃もあった。

なん年か前の母の日のプレゼントに、藍木綿とたくさんの色の刺し子糸を送られた。

麻の葉模様、七宝つなぎ、亀甲などの模様を布に写して、縫いはじめる。このとき皿てっかは欠くことのできない、手仕事の小道具である。

縫い続けることは、ひとつのものが仕上がる楽しさがある。

1990年「とのぐち」第8号

鹿島まつり

桜前線が日増しに北へ延びてくると、春を待ちこがれていたように、人びとは野へ山へと心をはせる。駆け足のように、葉桜のころになると、笹は細い萌黄をかざし、やがて新しい広い葉が風にゆれだす。

六月の鹿島まつりに、笹巻きを食べる習慣があって、母たちが上手に巻く角巻きを、見よう見まねでいつの間にかおぼえていた。なるべく広い笹の葉を探しに笹やぶの茂みに入り込む。葉の生え際からすっと抜くと、巻くときに折れない葉がとれる。

海と山に近いこの地に定住して十年が過ぎた。この町内で見る鹿島まつりは、六月の第二日曜日に、老いも若きも総出で、それぞれの役割に精を出している。鹿島人形を乗せるあし舟のガツギは、川や堰の護岸工事ですくなくなったけれど、その分、年の功といわれる紅葉会のおじいさんたちが、準備をしてくれる。幕や帆は、一年振りのたたみ皺をアイロンで伸ばし、おやつの準備や、反省会などは婦人会のお母さんたちの、腕の見せどころになっている。

鹿島舟のメーンになる人形づくりは、毎年ちがったものが計画されて、子供会の親子が主導となって丹精してつくられる。釣キチ三平であったり、映画のトトロだったりで、創造と工夫で、驚くほど立派なものが出来あがる。

また家ごとに子供の数だけ鹿島人形をつくる。義経や力の強い弁慶にあやかり、刀やなぎなた、五色の吹き流しで人形を飾る。子供の厄流しのこの人形に、心をこめて小さく結った笹巻きを負わせて、当日鹿島舟を乗せた車が、家の前を通るとき、その人形を供えて、引き綱の仲間に入っていくのである。

幼い二歳三歳児も、はじめはしりごみしながら引き綱の中に入ると、若いお母さんはホッとした顔に笑みがこぼれる。幼稚園児になるとお祭りにはんてんを着て、友だちと一緒に鹿島さんの唄を、太鼓の音頭でうたう。

ショッ　ショッ　ショウ！

鹿島のおぐりショッ　ショッショッ　ショウ！

寺のかげまでおぐるまで　ショウ！

川口彌之助氏の『鹿島さん・七夕・遊山』には、日本全国に唯一つの貴重な歌詞である、と書いてあった。くれぐれも歌詞の一言一句をまちがいなく、子供たちに伝えるようにと、郷土愛のにじんだ小冊子であった。

産土神の日吉神社でお祓いをうけて、他町内の人形の出来ばえを見くらべたりして、町内にもどる。厄よけの吹き流しの五色が、六月の太陽にまぶしく見える。はや夏の暑さであった。すこやかな子供の成長を願う祭りは、川から海へ流される。人びとの協力で鹿島まつりもすっかり根付いて続けられることと思う。きな粉をたっぷりまぶした笹巻きは、母たちの好物であったように。

1991年「とのぐち」第9号

水上沢六十五番地

まんさくの黄色い花が、日当たりの斜面で咲き出すころ、雪解けの沢水は、声をあげるように流れていく。雪の下でも緑を失わない猩々袴《ショウジョウバカマ》の葉や紫の蕾は、水上沢六十五番地という住所の字《あざ》名と共に、忘れられない懐かしさがある。

転勤族で育った私が、北秋田の雪深い土地に嫁いで、生活の必要に迫られて、手作りの食品をたくさんおぼえた。

山を歩く以外に適当な散歩道もなく、長靴で裏の野や山を散策する。いっつも山ばかりだと思う心の底では、妙にふるさとのお濠《ほり》端の道がなつかしい。実家にもどっても特別なことがあるわけではなかったが、元気に迎えてくれる父や母が居たし、娘にもどったように私は満ち足りて、ただ眠るだけであった。

日の長くなった春の一日、家族連れで裏の山へ遊びに出た。登り下りの多い坂道をあえぎながら行くと、主人の生まれた藤琴（現在の藤里町）の山を遠望できる、十文字の岱に出た。腰をおろし弁当をひろげる。二月に生まれた子は、芝生の上を這い這いし、空は高く緑の風に、家の中では思ってもみなかった、せいせいした気持になった。

弁当をたべた主人は、斜面を猿《ましら》のように下りていった。しばらく時間が過ぎていた。

「これだば、ええ（質のよい）蕗だ」といって、小脇にみず蕗の束を無造作にかかえている誇らしげな顔があった。

山道など歩いたことのない私であったが、この道を登らないと家にはもどれないと思って歩いた積み重ねが、すっかり自然の美しさや、豊かさのとりこになってしまったのである。野鳥の降るような鳴き声や姿、がま蛙の鳴く深い沢。環境破壊の進んだいまでは、見ることも聞くことも出来なくなった自然を味わうことができた。

春五月から六月は自家製の味噌作りをする。姑のころは人に頼んでいたが、私は近所の人の教えてくれる好意と、見なり聞きなりという言葉のように、郷になじんでいった。

味噌豆の煮える匂いは、子供たちの鼻にどこまでも流れていくらしく、大釜のまわりに集まってくる。親指とひとさし指でつまむとつぶれるひらき豆になると、大きな箆《へら》できまえよく、子供の前だれにおやつがわりの豆を入れてやる。

家では大豆二斗に糀一斗六升塩八升、確かに八合糀の四合塩と歌うようにおぼえたものである。丸めた味噌だまはひと晩おいて、青黴が生えないうちに桶に仕込んだ。

臼を借り杵で味噌だまを細かく砕く。等分にした糀と塩を入れ、大豆の煮汁を入れてよくかきまぜる。ぽっとりした処でボールで桶に移し、空気が入らないように、ぴたぴたと手で押す。

その夜は家のあるじも遠慮なく、盃を重ねることになるのだが、お酒で顔が赤くなるほどに、味噌に色をつける（熟成するように）と称して、まじないめいた言い伝えを、大まじめでやっていたのは、よき時代の名残なのであろう。

秋は茸とりで、さくらしめじのばくろ茸、落葉のころのよも茸、かさこそと歩く足音が、峡の空に抜けて赤とんぼが目に滲んだが、欲ふかい女の性《さが》がいつしか茸とりに夢中になってしまい、帽子も前垂れも茸であふれてしまうのである。山の恵みとばかり、その夜はだまっこ餅と決まっていた。

飼っているにわとりの首を、ぴっと締めて羽根をむしる。毛やきをする。逆さに吊るして血を下し、もも肉から両方へ骨をはずす。にわとりは人の食糧だとばかり、男の仕事の段取りはみごとであった。小さい娘たちも手伝ってだまっこつくりだ。一口にちぎったこねご飯をくるくる丸める。祖母の手からは一度に二個のだまっこがころげ出る。こくのあるにわとりのスープに、新米《こめ》の甘さがよくなじんでおいしかった。

冬はなにをおいても、はたはたであった。朝早い振れ売りの声で目が覚める。一箱二百円、びろびろしたぶりっこはたはたである。かっぽう着が生ぐさくなるほど、二日も三日も井戸水を汲みあげて、魚をしとべ（しまつ）する。水ぼてりの手が赤く、いつしか外はみぞれまじりの雪になっていた。

正月用の切りずしや長ずし、糀漬にして、はたはたはいく通りにも保存食にされる。吹雪の日が続いて買い物に出られないことがあっても、はたはたがあればこと欠かねと女たちは思っていた。昆布だしに糀漬けしたはたはたを入れ、白菜、ねぎ、とうふと相性のよい、塩汁《しょっつる》で味をきめた。

主人の晩酌はつきもののようで、雪の夜は濁り酒（どぶろく）のときもある。そっと勝手口に置いていく一升瓶の口は藁のふたがしてあった。発酵すると飛び散るので藁のふたである。

昭和三十年ころの寒い雪道を歩いて帰る主人は、どぶろくの方が温まると言う。杉の柾目の樽で、姑がどぶろくを醸《かも》した。酒の素になるイースト菌は、なかば公然と雑貨屋で売っていた。うるち米三升をせいろで蒸して、酒樽に入れる。人肌ほどの温度をとって、よくほぐした糀と酒の素を入れ、大きなへらで静かに混ぜて、赤ん坊の入る嬰詰《えいづめ》に酒樽をねかせる。三日ほど発酵し沸き加減を見る。沸き沈んだところで良い酒になるのだ。

ある雪空のどんよりした日「鬼来たどや、鬼来たどや」と、天と地がいれ変わるようなさわぎになった。表の道路は人だかりでいっぱいだ。どこの家も裳《も》抜けの殻である。

いちばん恐れている酒役人が村に来たのだ。東から西へ長い村なので、いちはやく伝令が飛んだ。誰も居ない家には酒役人といえども、家宅侵入罪に触れるので踏み込むことは出来ないのである。素知らぬ顔の村びとは、自分の家はからにして、どごの家あげられるべというように、高みの見物なのである。

裏口から突然入る酒役人もいて、ふいをつかれた家は、摘発されて、現物没収と罰金刑になるのである。罰金が払えないので、主婦がかわりに刑務所に入ったという時代もあり、それなりのしぶとさが女にはあるのかも知れない。

不思議な駆け引きの世界でも見るように、ガラス戸越しに、佇《た》っている人の顔をあざやかに思い出す。私にはない物事に動じない強さと、やり過ごす気持の器用さを見せつけられた事件であった。

私が人生の半分をかけて経験したいろいろな生活の知恵も、受け継がれてゆくこともない程豊かな日常がある。その反面では、ふる里の味や手作り食品をなつかしむ人たちも居る。食への欲望は果てしないもののようである。

濃りんどう悲しいときも飯を炊く　サチ

どうにもやりきれない気持が去来するときでも、生きているもののあわれさに似た、飯を炊くという女の役割があって、生かされていることをこの句は表現したかったと思った。

ほろ苦さの多い歳月ではあったが、たったひとつの小さな喜びに力を得て、生き続けて来たように思っている。

今年も雑木山に雪がくる。

1992年「とのぐち」第10号

中山人形

幼い日のお雛さまは、ふたつの桐の箱に入っていた内裏雛と、三人官女だけの雛段であった。母の工夫で小たんすの引き出しを積み重ねて飾られたことがあり、小さな藺草《いぐさ》の小物入れやおはじきなど宝物のような気がしたものである。

昭和二十年八月十五日の敗戦、そしてふるさとへの引き揚げという一大事に、一家族に割当てられた荷物の数は六個という。おおかたは寝具と衣類だけの荷物に薄いアルバムと、ふとん袋の中にしのび込ませることの出来た、祖父の代からの日本刀も、どうにか秋田の地までたどり着いていた。

でも、日本へ持って帰れないたくさんの物の中に、鯉のぼりやおひなさまもあったが、みんな煙になってしまった事を、いまだに思い出してしまう。

春三月の東北はまだ雪の中であった。二人の女の子が成長するにつれて、家中の人形を並べ、おひな祭りをしたモノクロの一枚がある。そっとケースから出して、ワルツを踊ったと娘たちがいう。鼻の先がすこし黒ずんだドレスのフランス人形や、黒い髪のとさっとしたおすわり人形、抱き人形のしろちゃんも写っていた。ちらしずしに、流したまごのお碗だった。

田舎ぐらしの私には、話し相手になる友人もなく、五七五を並べるだけの私の句でも、誘われて句会に出席するようになった。

平成元年に横手の伝統中山人形の内裏雛が、老いてからの私のお雛さまになったのは、ささやかな俳句を通してのご縁という糸があった。

季節のことば　　樋渡瓦風

かまくらも梵天も終り横手地方は一気に春への準備がはじまる。／我が家では土雛の絵付けがはじまる。／土雛はもちろん土で作るものだが、秋田県では、秋田市八橋人形と我が家の中山人形だけで伝承されている。

一筆一筆手描きのため一日で出来る数は限られているし、土雛一対描くのに、数日かかることもある。

市場ではきらびやかで高価な雛人形が多いのだが、我が家の土雛も注文が多い。嫁いだ娘に送るものとか、嫁ぎ先の人が昔ながらの土雛が欲しいなどが主なものだが、その底を流れているのは、幼い日の想いであり、郷愁なのかも知れない。足の踏み場もない土雛たちに見詰められての仕事はまだつづく。

俳誌『幻魚』の主宰である瓦風先生は、横手の中山工房の四代目の樋渡昭太氏でもあり、多忙な工房のかたわら、いつもたくさんの人形と語りあっているような、澄んだ句柄に打たれてしまう。まだ絵付けをしない土人形と雪の配材など佳句がある。

小かまくら燃えつきし灯が星となる　　瓦風
夜の雪や瞳を入れず土雛ねむらする　　瓦風

平成元年二月横手のかまくら祭に誘われた。一泊して次の梵天の日に、中山工房に立ち寄り、伝統人形のお雛さまと、土鈴の高砂を求めた。あんなにお元気だった奥様のいまは形見となった串姉コ（姉様人形）も、その時求めた品である。

二月に注文したが、桃の節句には間に合わないという電話を頂いた。待つとはなしに待っていたら、四月二十五日に届いたので、さっそく荷物到着の電話を入れたところ、知っている人でもあり、眼を入れる筆は気を入れて描いたといわれる。

箱書きの「伝統中山」まん中には「土雛」落款の「瓦」の朱は少し控え目に落ち着いて見えた。白い薄紙をそっと解くと、そこには面長な男《お》雛の顔があった。眼鼻立ちも洗練された筆である。対になる女《め》雛も品のあるふくよかさであった。衣装の地色の赤に白の小花が処を得ており、両袖の枇《ふき》には、土雛とは思えないふくらみのある彩色が見事であった。老いてから求めたこの土雛に、余生を託したような想いが、私の中にひろがっていた。

今年も三月三日に飾って、四月三日に雛おさめをした。このひと月の雛の間は、寒く冷たい日が多かった。

竹の皮で舟をつくり雛流しをすることにした。来春までの内裏雛に赤飯を供え雛おさめとした。紙雛を折り袴をつけ竹の皮の舟に乗せる。供物の赤飯を積んで近くの水路まで行く。

春の浅い風はまだ冷たく、それでも日の光があった。水辺に降りて竹の皮の舟を流れに乗せる。雪解水の流れは速く、形代の紙雛はまたたく間に流れてゆくものとなった。

ふと家族のことを思っている私がいた。

1995年「とのぐち」第13号

柱時計

玄関に入ると、家の中のほぼ中央と思われる位置に、柱時計は掛けられていた。
昭和五十三年七月の末、親の代からある物と一緒にこの家に引っ越して来て、荷物の整理が一段落したときに聞こえた時計の音はいままでと少しも変わらない、ふくみのある打ち方であった。

振り子がカチカチという音で進む。三十分にひと呼吸つくように鳴って、時を刻んでいく柱時計である。

六角形の文字盤に左右に振子が動いて、ビンビンという音で時を知らせていた古時計が故障して、買い替えたのが、このチンカン時計であった。ウェストミンスター寺院の鐘のようだといって、主人の気に入りの音であったから、ビンとなる響きよりも明るく楽しげに家の中に響いていたのである。

その頃野鳥に夢中だった主人は、山鳩、うぐいす、ローラーカナリヤも飼っていた。時計が鳴ると山鳩もカナリアもよく鳴いて、今は二人になった私のいちばんにぎやかな時代であった。小学校中学校と子供らが育った。義母《はは》はその分高齢になっていく。そんな時間も刻み続けてくれた時計でもある。

働き盛りのころの起床は、六時前後であったが、学校が近かったので七時三十分を過ぎると、みんなが出掛けてしまっていた。が、義母は九時過ぎて起きてくる人であった。朝食はたべない代わりに、お茶受けの菓子やひたし菜、煮豆などは好物だったので、常に用意してあった。

若い日の私がいちばんとまどったのは、金時豆や小豆の煮方であった。母は時間など気にしなくてもよい年代であったからかも知れないが、弱火でゆっくりと煮ると、豆の皮がやぶけないで、ふっくらと煮えると言った。砂糖や塩、煮ふくめる方法まで、いまではすっかり身について、義母の流儀になっている。

こんなゆっくりな生活時間を過ごしてきた義母には、独りでいる事が多かったのである。男の子ばかり育てた昭和の時代は、召集令状が来てつぎつぎに母親一人を残していく心もとなさに、息子が涙をみせても、気丈に送り出した明治の女であった。

なに事もなりしに、までにが信条のようであった。自然に流れるように、急がずていねいにという県北地方の方言である。

この人の老後の眠りも浅かった。夜中に目が覚めると柱時計の刻む音がする。普通はいらだったりで気になるものだが、その域を通り起していたのか、時計が打つと安心するらしかった。そして朝方になってとろとろとまどろんでいたのかもしれない。自分が義母の年齢に近くなって解った、眠りの哲学めいたことである。

二週間巻きの柱時計も、昭和六十一年四月に分解そうじをしている。ときどきゼンマイが解けるような雑音がするようになってから、調子が狂いはじめ、平成八年二月に再調整したが、三日位で止まるようになった。

〝いまはもう動かないおじいさんの時計〟という歌もあるので、掛けて置くだけでもよいと思って、平成九年の正月もそのままにしておいた。

年末年始に長女の家族が帰省していると、朝七時頃に子供が二階からトントンと下りてトイレに行く。さあ起きようと思う力が行動となる。一月三日吹雪の中、秋田リレー号で帰宅した。夜中に目を覚ましてもなんの物音もしない。置時計を見るため身を起こすのも無精する。夜明けがおそくてまだ手許くらがりの状態で、起きだす切っかけがつかめない日が続いた。

愛用の柱時計なので、技術に腕のある地元の時計屋に修理をお願いすることにした。直らなくてもともと、と思っていたが一週間たって時計はもどって来たのである。昭和三十五年から四十年ちかい年月、この家の喜怒哀楽を共に過ごして来たが、またもとの場所に垂直に取りつけられて、時を刻みはじめたのである。振り子に取りつけられた部品の小さい丸い穴が、ひょうたんの形のように減っていたので、小槌で打ち直したそうである。

二週間巻きの柱時計であるが、時刻の打ち方が間遠くなってくると、主人は自分の仕事だというように、ねじを巻く。

一度罅《ひび》の入ったお皿のような響きではあるけれど、人間の老いと同じご老体である。聞きのがしてあげようと思う。柱時計は今も正確に時を刻んでいる。

1997年「とのぐち」第15号

雪ぐにの年越し

鷹巣町は七の付く日が市日で、大町通りの交通が激しくなってからは、一筋南西に延びた河岸の通りに市がたった。

季節ごとの食材を求めに、四キロほどの道を歩いて買い物に出掛けた。しかし、年の市は雪の降る季節と重なってしまうので、村の店で間に合わせていた。もうあの土地を離れてから、二十五年があっという間に過ぎてしまったのである。

見たと聞いたとではだいぶ違うかも知れないが、こんな買い物をした男がいた。露天の並んだ魚屋はとりわけ威勢がよく、ずらりと並べた真鱈の大ものを、一本まるまる買って、その鱈の大口から縄を通して、凍った雪道をわが家まで引きずって行くのだという。

馬橇《ばそり》の跡がテカテカ光るほど凍って、両側から吹き通しの畷《なわて》道は、馬の背骨道となってしまう。中程が高く両側へ滑って歩きにくい道を、引きずって行くうちに、大鱈は半冷凍の状態になってしまう。

座布団のような鱏《カスベ》も同じように、降りしきる雪の清浄さとはうらはらに、雪混じりの強風は身を切るような寒さである。久し振りに山をおりるこの男は杣人《そまびと》で、懐も心もあったかかったのだ。馬の背骨道を大鱈を引いて歩いていても、家族の誰彼の顔を思い浮かべていたのではないだろうか。

その時代は冬は自給自足の生活で、山の幸の干物や、塩蔵物のきのこ、蕗、ミズなどが食卓の中心になっていたが、寒さと味はよくなじんで殊の外おいしかった。町内には雑貨屋、酒屋、魚屋もあって、他町内の事は知る由もない私は、不自由さを自然に忘れていたのだろう。

素人の豆腐づくりは、正月と盆だけで背負って売り歩いた。豆腐の代用として味のあるものに、夏に収穫した長い夕顔の実を漬け込んで、汁の味にするのだという。働き者だった婆たちの、かまどのやりくりの話である。

いまも続いているのだろうか。田んぼを耕作した外に、明るい店構えの魚屋が昭和四十年ごろ開店した。女主人の彼女も私も働き盛りの四十歳代であった。

年とりの食卓は大方この魚屋にあるもので占められた。寒い土地にはそれなりの珍味があるもので、まずなまこである。木の雑な樽に入った、〝よこはまなまこ〟は上物とされ、陸奥湾の横浜産で、まさかり半島の取っ手にあたる港町であった。

大きくて黒いのは石なまこといって固く、小振りでコロッと活《い》きたのは、味も歯ごたえもたまらない味であった。あのぬるめきを塩で洗い、紐《ひも》のような内臓を引き出してよく洗う。一口大に切り酢醤油で食べた。こんな珍味になるさばき方は、夫はおてのもので、切り方も味付けもなかなかうるさく、好きな酒の味もよかったのだろう。自転車の効かない冬は、片道二里半だから、十キロの道を職場まで歩いての通勤であった。

義母《はは》の時代は必ずキンキンの焼き魚が付いたというが、私の台所は魚屋の仕入れた品数によったから、必ずキンキンという訳でもなかった。記憶に残る生カスベの料理があった。大げさに言えば畳半分ほどの生カスベを、魚屋の女主人は長靴ばきの店先で縦半分に包丁を入れる。その切ッ先が土に当たらないほど、雪の厚さがあった。

カスベの脂わたは必ずこの料理の付き物で値段は決まった。脂わたは湯がいてすり鉢で酢みそを作る。カスベは軟骨なので歯ごたえがあり、羽根といわれた部分もこりこりと好物の一皿になってしまう。少し大ぶりな皿に見目よく盛り付けて、雪穴から掘り出した浅黄の葱をつまとして添えた。

義母の言うのには、皿までねじってしまいたくなる程うまいので、カスベの皿ねじりという名がついたらしい。

年とりの膳には切りずしのハタハタを、元朝の膳には一匹ずしを付けた。ブリコを噛む音が家族のにぎわいのようでもあった。あのにぎにぎしさは、どこへ行ってしまったのだろうか。

平成十五年の元朝は、神仏にも灯明と、お雑煮餅を供える。いっとき華やぐ冬座敷の冷たさが身をひきしめる。床の間の水盤には、我流ながら実南天とチューリップを使った。子供たちのさんざめくような花の色である。

2003年「とのぐち」第21号

北ぐにの盆

梅雨明けと共に、三十五度の炎暑が続いて、娘からの暑中見舞いにも、秋田もクーラーが必要ですねと書かれていた。穂はらみ期の稲田は地割れが見えて、八月に入ると稲の花が咲き稲田を渡る風には、盆が近いことをおもった。

はまなすの実の輪かざり、ほおずきの赤、青いリンゴや米の粉でつくられた花菓子を、ずっと義母《はは》の代から続けてきた様に、盆の用意をする。秋の七草が楚々と描かれた盆燈籠を吊ると、つり手の螺鈿が一年ぶりの翳りを誘いきらめいて見える。

座敷の床の間の軸は、盆の間十三仏の来迎図に掛け替えられる。おなじみの仏様は、お不動さん、地蔵さん、文殊様そしてお釈迦様と、ずっと遠くから雲に乗って降りてこられる様で、念入りに掃除をした家中に、涼風が渡るひと日となる。

北秋田に住んでいたころは、盆の十三日は墓参の人でにぎわった。寺の下にある私の家の前を家族連れが通る。この村に墓処のないわが家は、お内仏様をねんごろに祀《まつ》るだけであった。

末の娘は板塀に寄り掛かって、その家族連れを眺めていたそうな。やっと本裁ちのゆかたを着るようになった友だちが、父や母そして兄弟と一緒に通るのを、とてもうらやましかったと、成長してから述懐している。

十四日は大太鼓の音と笛の音《ね》で、獅子踊りが寺のお庭へ登っていくのを知ると、とたんに元気が出て走りだす。大名行列のように並んだ若勢の奴《やっこ》の掛け声は、〈しっさしっさ〉と、扇子をかざしての男踊りである。女物の朱い長襦袢を端折《はしょ》って、紫やピンクのしごきで襷《たすき》がけをする。鼻の頭にべっと白くおしろいをぬった一行の奴踊りは、掛け声の〈しっさしっさ〉で歩調が揃う。

哀調をふくんだ北ぐにの笛の音は、青森ねぶたの笛に似かよって、津軽平野を渡り南部の風土にある風に乗って、秋田県の北部に定着したらしい。秋田市を終の地とした今でも、この笛の音には、ついつられるように走りだしてしまう郷愁がある。

本番の獅子踊りは、男獅子の頭上に漆黒の鳥の尾羽根をなびかせて、とても勇壮に、両脇に抱いた小鼓が印象深く踊りはじめるのである。二頭の男獅子が女獅子を奪いあう掛け合いで、筋書き通りに跳ね踊る。傾きかけた西日の放射が、杉の大樹に囲まれた寺領を、ひときわ熱っぽくする晩夏の一刻でもある。

そこへひょっとこ面の老人が、腰に魚籠《びく》を付け、長い釣り竿を持って軽妙に踊りだす。間合いというものだろうか。おもしろおかしい歩き振りに、ほっとひと息つける部分である。

十五日は小学校の校庭で盆踊りがはじまる。拡声器から炭抗節の唄が明るいうちから流れだす。夕飯をかきこむように食べた子供中心の輪おどりがまずはじまる。時間が経つにつれて、夕ぐれにまぎれた少女が恥ずかしげに輪をひろげる。土着の子等は大人と一緒に踊りのしなを、こんな積み重ねで身につけていくのだろうか。父との転勤家族で育った私は、踊りの手、そして足を踏み出すのさえ恥ずかしかった。

夜ふけて踊る大人の踊りに「大の坂」というのがある。毛馬内盆踊りは、たんすの底を着て踊るとか。正装した長紋付姿の艶めいた流れなのだろう。〈ダンコダンコ・ダンコダン〉とゆったりと舞うそうな。丸帯を胴にぐるぐる巻にするとかで、少しそこがくだけた気分なのだろう。

機械化されていなかった頃、農作業は盆休みが唯一の気保養であり、月の傾きにつれてひと夜を踊り明かすのも、生きる知恵であったのかも知れない。

農村で暮らした子育てのころは、どこか他人者《よそもの》めいていた。二十日盆が過ぎるころは、風がいやにわびしいのが北国なのである。晩夏光の中に、見返り美人の弘前ねぷたを見るような、秋の風となるのであった。

2005年「とのぐち」第23号

花ふきん

二月に入ると寒さは一段と厳しくなる。菩提寺から各家庭に配られた春祈祷の「立春大吉」

「鎮防火燭」のお札は、戸口や台所の火を使うところに貼られた。

　引っ越した新しい台所のガス台の右の柱には、いつの間にか土で作ったいかめしいかまど神が、丁度柱の巾におさまるように掛けられていた。韋駄天さんは引き戸の上の棚に、黒ぐろと鎮座しておられ、あわてんぼうの私のかわりに、火の消し忘れはないか、一段と高いところから見張っておられる。

　食器乾燥機、皿洗い機などの新しい調理器具が、家事を手早く合理的に仕終えられるように、つぎつぎと台所に入り込んでくる。混合水栓の蛇口からは、程よいあたたかさのお湯が流れて、食器のよごれをおとしてくれる。水切り代わりの乾燥機に入れると、夕食までに使う皿も飯茶碗も、すっかり水気がとんで器を拭くという作業はもうないにひとしい。

　多忙な時間のやり繰りには、器をふきんで拭くという事はなく、いつもこれは重宝だとばかりに、ふきんはおしぼりの頂きもので、間に合っていた。

　義母《はは》は手持ちぶさたの時に、よく晒《さらし》の布に赤い糸でふきんを刺していた。正方形に裁ち切った布に針仕事の角《つの》べらでしるしを付けて、まっすぐに器用な針目で縫いはじめる。しばらく縫い進みひと息いれるときには、長い煙管《きせる》に刻み煙草のききょうを指先で上手につめて一服吸う。埋火のある炉端には、いつも拭き込んだ照りのある小さい鉄びんにお湯が沸いていて、このちんちんとも聞こえる音を、まつかぜと言ったようだ。

　ふきんに刺す柄は、刺し子模様にもある連続模様がたくさんあった。いちばん刺しやすいなじみの柄は花刺しといって、型紙で円を作って、その円の内側も円でつないでいくと、縫い終ったときに花刺しのふきんが出来あがっていとおしい。

義母の手許がすこし不自由になったころは、針に赤い糸を通しておいたり、針のメドの大きい大くけという縫い針を使ったことを思い出す。もめんえりしめ、絹えりしめなど縫う素材によって縫い針の種類はたくさんあった。

昭和のはじめに生まれた私たちの小学校時代は、四年生から裁縫の時間があった。薄もも色のセルロイドの裁縫箱に、メリンスの布で母が作ってくれた針山には、色とりどりの待ち針と、長い針、短い針が並んでいて少女のはずむ気持がうれしかった。糸切りばさみ、角べら、運針用布などを揃えてもらった。

授業の前にはまず手を洗うこと、机の前に正座し、右手少しななめ前に裁縫箱を置いて授業がはじまる。和服に、はかま姿のおなご先生は、やさしさと厳しさを合わせ持っていた。授業の終わる前には、必ず針の数をかぞえるように言われた。折れた針が血管の中に入ると血液と一緒に流れるとか言われたが、針は縫う道具でもあるが、注意も必要なものであった。

茶櫃《ひつ》の上に掛けてあった麻の葉模様のふきんや、波の形を模様化した青海波《せいがいは》、和服地にもある紗綾形《さやがた》、すすきの穂がこうべを垂れた様な野分《のわき》、青海波の変形を図案化したものなど、伝統模様の刺し子柄はいろいろあって楽しい。手づくりや手仕事の機械と異なる点は、その動作がいつも直接心につながっているからだ、と書かれていた。ひと針ひと針は少しぐらい不揃いでも、手はただ動くだけでなくいつも奥に心が控えていて、達成感をともなった喜びがあり、刺し子の針目を進めたこともあったのである。

師走の一日、足のむくままデパートの地下の家庭用品売り場に立ち寄った。高価なものは買えなくても、季節で変わる飾り付けには見ごたえがある。いまは新年を迎える正月用品が並んでいて、干支の戌《いぬ》の置物が多い。久し振りで見た奈良の一刀彫りの狗ころは、大きさも価格も手頃な品であった。いつも間にあわせの日常なのだが、水切れのよい綿のふきんを買ってもどった。

紅茶カップやスプーンをこのふきんで拭くとき、掌に包む仕草になる。銚子やさかずきの収納にはいつも気をつかうのだが、器物を拭うことは、その形を確認している細やかさが伝わってくるようだ。

正月用品の重箱、お膳、もく杯など漆り物は絹ぶきんをかけて、汚れやくもりをよく拭きとって使っている。年に一度か二度であっても器を通して心があらたまるのも新年のよろこびのひとつである。

かまど神が見守って下さる台所にたつとき、石垣りんの「私の前にある鍋とお釜と燃える火と」の詩に詠まれている一節。

　いつも正確に朝昼晩への用意がなされ
用意のまえにはいつも幾たりかの

あたたかい膝や手が並んでいた。
ああその並ぶべきいくたりかの人がなくて
どうして女がいそいそと炊事など繰り返せたろう?
この部分はもうとっくに過ぎ去った日々であるかも知れないが、台所にたつ〝いそいそと〟という気持は、いつも持ち続けたいと、この詩に出会えて思ったのである。

2006年「とのぐち」第24号

胡瓜《うり》断ちの村

「立っているだけでえがら、一緒にあべ」

こんな呼び掛けでわたしは、集落の人たちと米代川《よねしろ》を渡って対岸の杉の植林地へ出掛けた。それは戦後の町村合併により、地区の財産区が各戸に山林や原野を、分割した頃のことである。

案山子のように立っているだけでよいとは、どんなことなのか。道普請や田んぼへ通じる堰《せき》あげなどは、農村の共同体の中にある年中行事で、出られないときは「きゃんで」という代替を、年末の決算日に、まとめて支払う約束ごとがあった。

わたしの家のように、農家でない人は普通の労働もできないので、頭かずとして出役すれば立っているだけでもよい、という好意的な誘いなのである。

一緒に作業に出掛けたのは、やっと冬も終わって草も木も萌えだし、田打ち作業にはまだ間のある日であった。冬の川風の吹きさらした田んぼ道をえんえんと歩いて、米代川の水辺までには、したからと言う石のごろごろとした河原を通り抜けて、やっと舟着き場に着くのである。対岸の渡し守へ「ほういほうい」と呼び掛けると、渡し守は太いワイヤーの張ってある川幅を、木造の渡し舟で何人かずつ渡してくれた。町内の戸数は六十戸ほどなので、太いワイヤーを操って、川の流れを幾度か往復したのである。

春先の川風は冷たく、もの珍しがり屋のわたしは、川の風景にすっかり見とれてしまっていた。家号の「くすりや」を呼び名につけて「くすりやのあねさん、こっちゃけ」とわたしを舟のまん中ほどに座らせてくれた。川の流れを見ていると、間もなく舟は岸に着いた。

対岸の大野尻の集落は、川からの坂道を登った所に、農協の倉庫と、風よけの欅の樹が並んでいる。村の中の道から左へ折れて、杉の植林された岱《たい》までくねくねと歩いた。大野尻とは、大野岱《おおのたい》の端っこである、現在の北秋田市合川の西の川端だ。

見渡す限りの大野岱の一画には、二十センチほどの杉苗が植栽されていて、十アールほどに区切られている現場に着いた。

馬の川（馬洗場）の脇の家から順に、植林された土地を分けることになった。「たや」「喜作」「つきや」「長四郎」「栄吉」「くすりや」「佐一郎」と、家号のままに呼ばれて、杭を打っていった。

平らな場所であったり、少し斜面であったり、わいわいがやがやだ。この岱の土は、くろぼくという土壌で酸性が強く、そのうえ西風がまともに当たる。杉苗はその後赤く立ち枯れて、なんの役にもたたなかったり、場所によっては手入れ次第で、杉の林に育ったりで、放置されたままの所もあったが、台帳に登記されて、各戸の財産になったのである。

それでも風当たりの少ない所には、陸稲《おかぼ》を植えた家もあり、飯米としたらしい。戦後の食糧難は生産者である農家でさえ、水田で栽培した米は、政府米として農協に出荷し一年の収入となった。生き継ぐ手だてては、このようにして得たのである。

帰路は同じ道を通らずに、蟹沢《かにさわ》集落から渡し舟に乗ることになる。あの日は春のどんどんとした天気で、農耕地の中の道をつぎつぎ人が通るので、巣ごもりの鳧《けり》（チドリ科・全長三六センチ）が、驚いて飛び立ち急降下する。その急降下があまりにも攻撃的な姿勢なので、あっけにとられてしまった。抱卵の親鳥としては、さもありなんといまも思い出してしまう。

蟹沢の渡し舟の中は、女たちの話でもち切りだ。春野菜の種子《たね》のことらしい。ある人が「がんじゃ（蟹沢）だば、胡瓜《うり》は食《か》ねんて、植えねど」と言っている。

大きな川のそばの村は、梅雨末期の洪水があり、青田になってきた田んぼは、海のように川水におそわれた。橋が一本もない集落なので、水難事故が多くて悲しい思いをしていた。そんなことを「川ながれ」と言った。

日の長くなった夕餉の食卓で、夫が思いだすように話してくれたのは、「おれがだの夏休みの水およぎは、いつも川さ行った。いつもの川は流れがおだやかに見えた」というが、続けて言う話は、河の主河童にひっぱられたという。「急におれは渦に巻き込まれたのか、水中に深く引っぱられた、人の生血を吸う河童だな、と思う間もなく〝すぽん〟と空中に浮きあげられた時、磨ちゃんが浮き輪を投げてくれた」と言うのだ。

たまたま母が能代に出掛けた時、まだ誰も持っていなかった浮き輪を買ってきたので、夫の兄が投げてくれたのだ。おかげでいま生きているのだ、と一命を救われた時のことは遠い日の話である。

頭上に皿を持つという妖怪・河童は、胡瓜が大の好物であるとか。お茶断ちという願掛けがあるように、村の人々は「胡瓜断ち」して川ながれの事故がないように、ひたすら素朴に願いを掛けたのであろう。

あれから幾年も月日が流れていった。現在は米代川と阿仁川の合流地点に小ヶ田集落がある。通称北空港という、大館能代空港がこの地に開港したので、大野岱一帯は空港道路の整備で、めざましい発展を遂げたのだ。

平成二十年六月十五日は、全国植樹祭が県立北欧の杜公園で開かれる。

米代川に架かる斜張橋の蟹沢橋は、あの渡し守りの苦難と、村の人たちの悲しみも、遠い思い出として押しやってしまった。いまは川ながれの事故よりも、滑るように走る空港道路での交通事故が恐ろしい。河童の神通力は昔語りかも知れないが、いまもあの村は「胡瓜断ちの村だ」と話してくれた人が居る。

２００８年「とのぐち」第26号

魚偏の楽しさ

六十年ほども遠い記憶をたどってみることになった。

秋田市千秋公園北側にある矢留町から、通町橋を渡ると高砂堂と勝月のお菓子屋がある。敗戦後でまだ砂糖も小麦粉も出まわらない頃の店は、本業の商売もできず姫鏡台や小たんすなど、身の回りの小道具などを並べていた。少し歩くと老舗の佐野薬局の前になる。千釜陶器店や松村陶器店もあった。保戸野諏訪町への変形した十字路あたりまでは、道幅を広げた現在の通町と、ほぼ同じである。

次に続く大工町の突き当たりが、市電の発着駅になっていた。電車は見渡す限りの田園地帯を走り、そのむこうに保戸野小学校が見えた。グラウンドと足洗場の間に背の高いポプラが風を受けて、それが夢のように思い浮かんでくる。

八柳、元山町、間もなく土崎が終点である。旧制高女四年生で終えたわたしは、市立土崎図書館の受付けとして勤務し、毎日大工町の駅から電車通勤をしていた。

元山町で下車して、柴忠醤油店の小路から入ると、金比羅宮の神社の向かいに図書館があった。松林に囲まれた木造の建物で、三人掛けの木の机と椅子が、教室のように並んでいた。筑和館長は祖父須田勇助と親交があった方で、忘れがたい明治気質の教育者であった。

大きな戦《たたかい》に敗れたが、土崎港《みなと》の町には活気があった。帰りの電車の中まで匂ってくるような鰊《かど》あぶりのにおいが、その時代のどん底生活を印象的に思い出させてくれた。北海道の鰊《にしん》漁の舟が港に入るので、一軒一軒の家まで鰊あぶりのにおいがあふれるようで、飯米もまだ自由にならない、敗戦と焼土の土崎港でもあったのだ。

鰊の次に女たちに活気を与えてくれたのが、𩸽《ホッケ》である。箱買いした魚を尾っぽの辺まで二枚に開きちょっと干しにして焼いて食べた。小骨がなく身ばなれのよい魚である。現在はロシア産などの輸入物が多く、型もおおきいので結構な価格のする魚となってしまった。

魚偏に花という字がホッケとは、今まで知らずにいた。季節や旬の頃を魚偏になぞったのが、種類を分ける漢字になったようで、意味深長だ。

ある新年会の余興の「ピックアップ」ゲームは、二十五ある枡の中に、魚偏のついた漢字を十分以内にいくつ書いてもよい、ビンゴゲームであった。

日常見ている魚の名前は、十五字ほど書けたが、なかなか思い浮かばないものだ。

鱈《タラ》　鯛《タイ》　鮃《ヒラメ》　鰯《イワシ》　鮭《サケ》
鮪《マグロ》　鰹《カツオ》　鰤《ブリ》　鰆《サワラ》　鱒《マス》
鰻《ウナギ》　鮒《フナ》　鯉《コイ》　鯰《ナマズ》　鯔《ボラ》
鱚《キス》　鰊《ニシン》　鮫《サメ》　鱶《フカ》　鯱《シャチ》
鰰《ハタハタ》　鮑《アワビ》　鯎《ウグイ》　鱏《エイ》　鰺《アジ》

この二十五字を見ていると、喜びや悲しみが浮き沈みする。田沢湖の国鱒という魚は、上流にある玉川の酸性の強い水を引いたことで、魚の住めない湖となり、幻の魚となったのである。また十和田湖の姫鱒は、和井内貞行の執念によって蘇り、「われ幻の魚を見たり」という映画にもなった。その孵化《ふか》場は養殖を続け、ホテルのメニューにもある姫鱒の名を残している。

五月、米代川の投網漁による川鱒は、村祭の料理の一品である旬の味だ。また花鯎《はなうぐい》という婚姻色のある魚を、方言ではひごろと呼んでいる。やっと萌えだした山菜のあいこを入れた味噌味の鍋によく引き立つ味である。

偏と旁《つくり》の語りだす風土の味は、雪深い地で暮らす地方の楽しみのひとつであることを、しみじみと思い出していた。

2008年「とのぐち」第26号

遠海鳴り

偏西風が寒気をともなって南下している。まだまだこんなに温度が下ることなど、予想もしていないのに、朝夕の冷たさには参ってしまい、ストーブに点火する始末である。

地球の温暖化現象と伝えられるこの夏の暑さには、荒っぽく体ごと揺らめくようであった。東北に「寒気」の固まりがあるとテレビの天気図に映っている。秋日和はこれからなのにと、いろいろと心配の種が増える天候である。

しばらくの間、針仕事から遠ざかっていて、針を持つのを忘れていたが、こう寒さが急にくると、冬の寝具の手入れなどを考えてしまい、いつの間にか頭の中のスイッチが、針を持つ気にさせる。

昔の女たちは、一日の農作業が終わっても、夜業《よなべ》という時間があって、必ず針を持たねばならないほど、縫い物や、仕立て物が多かった。日中の疲れで座ればついぐらぐらと居眠りが出る。七夕の掛け歌に「とろとろ〈灯籠〉流えろ、あっぱねぷかき〈母の居眠り〉流えろ」と子供たちがはやす。女の用事は、やればやるほどきりがなく、昼の作業だけでも疲れている。

ずい分と前に、敷き布団の皮を洗濯して、新しい綿に入れ替えたことがある。中心の縫い合わせた部分から綻びているのを、見て見ぬ振りをしていたが、ふっと、来年は針を持てるのだろうか、という不安が頭をもたげて、縫えるうちに繕っておかねばと思った。

秋田の冬は、肩のあたりが暖かいという丹前の繕いから取り掛かる。メリンスの丹前柄は、義母《はは》の袷であったり、義父《ちち》の羽織柄を継ぎ足したりで、手触りがなんともいわれない。黒い衿と、肩布をはずして洗う。結構汚れの目立つ部分である。厚みのあるあったかい英ネルの丹前下もはずして洗濯をする。この頃から秋日和が続くようになった。

全自動の洗濯機は、大きく開いた口のようで、相当の量の洗濯が可能で、スイッチひとつで洗濯、すすぎ、脱水と作動する。あとは干すだけなので、綻びていた敷き布団の皮も、おもいきりよくはずして洗ってしまう。

外の物干し竿に、抜いた綿を干した。綿だけになったので、太陽光線がまともに当たり、布団綿は日に晒され放題だ。土用の太陽に、三日三晩、布団綿を干すと、打ち直した綿のようになると言うがそれほどの勇気もなく、夕暮れまで干し晒して、ふっくらとしたふくらみごと、大風呂敷を探し出して、そっと包んで置く。

昭和四十年代であったろうか。婦人会の行事で、農業改良普及員が、布団の綿入れ講習を開いた。〈布団の綿入れは、一人ででも出来ます〉がテーマだ。縦横に綿を設《しつら》えて、四隅は扇の形に綿をけずり取っていく。衿元を合わせるように、たがいちがいに、十二単衣の衿元でも合わせるようにすると、四隅の綿は、耳が立つ形にして見せた。

後処理は、糸で四隅と、中心を木綿糸できりっととじる。まわりの綿どうしが引き合わないように、新聞紙を三枚ほど渡して、てくっと、ひっくり返す。とじた四隅を指できっちりつまみ、引き出すと、布団の角になり手で落ち着かせる。

私もはじめは、義母と二人で布団をつくった。あねさんかぶりをした姿の義母は、肩に真綿を負って、必要な分だけ二人で引くと、蚕の糸である真綿は、刷《は》くという形容の通りに、布団綿をまとめる役割をしてくれる。普及員は、この真綿は必要ないとして、指導するのである。

農業の副業として、蚕を飼った時代もあったが、化学繊維に移ったので、真綿は貴重品になってしまった。そして現在はシルクという表示になった。

布団綿を日に干した次の日も、晴れていたので、家中の戸を開け放した廊下で、綿入れをすることになった。「昔とった杵柄」の諺《ことわざ》にあるように、四隅と中心がずれないように、綿と布の位置を定めて、新聞紙をおいて丸めて、ひっくり返す。洗濯して繕った敷き布団皮に、綿はすっぽりと入って、ほかほかとする。なつかしい人に出会った気分で、中心を縫い合わせた。とじ糸で中心から、きっちり収まるようにとじる。

足や腰の調子が充分でなかったが、布団が一枚出来ただけなのに、縫った針目の数ほどうれしくおもえた。終の日が訪れるのはまぬがれがたいが、生活の中でおきる繕いも忘れまい。

野分の風が海へ抜けたのか、遠海鳴りの朝である。

2009年「とのぐち」第27号

糸瓜《へちま》の水

やっと自分だけの時間になった。新聞の二面を広げるといっぱいになるテーブルの上で、見出しの活字を拾っていく。音もなく一度降った雪は、消えないうちに次の雪になる。そんな夜の静寂は、なんだかひとつの事に没頭できて楽しい。

根雪になってから、おもいの外に多い降雪量と強風に、日本海沿岸の五能線、羽越線の電車は運休になった旨の活字が目に入る。青森発上野着の寝台特急「あけぼの」号も、例外ではない。こんな日の朝は、ガラス戸に雪つぶてが張り付いて、外の様子は探りようもなく、山ひとつ越えた日本海からの低気圧は、ひと晩気ままに荒れ狂ったのだ。

こんな天候の日の海岸に舞い散るのが波の花と呼んでいる泡で、塩分を含む海水は、水温が低くなる程に泡立って、荒磯に砕け散る。

両手でよく泡立ててての洗顔コマーシャル、泡でつつむ白髪染めなど、父たちの時代から髭そりあとに使ったヘチマコロン、髪に付けたポマードの匂いは、即、父の匂いであった。

夏の汗っかきにはオーデコロンなどは、欠かすことのできない必需品であり、顔や肌の保湿のために、糸瓜《へちま》を植えて久しい。緑のカーテンの役割をしてくれるこの糸瓜という植物は、夏の暑さにも強く、暑い時ほど水分を吸いあげる力は強い。

夏野菜の苗を植えるころ、糸瓜の苗をプランターに植え付ける。念いりに手を掛けると、細かった茎から本葉の脇芽が伸びだすので、軒先に届くほどの支柱を立てる。

夏の朝の夜明けは早い。ぐんぐん蔓を伸ばす糸瓜の勢いを見る楽しさは、眠気をふきとばすようで早々に起き出す。黄色く淡いたまご焼きのような花を、蔓の節ぶしに付けてくれ、昼ころにはぽろっと地に落ちる。

楽しみも一刻。糸瓜の水を取ることが目的なので、お盆すぎの涼しくなったころに、根元から一・五メートル位の部分をよく切れる刃物でスパッと切って、透明なペットボトルに差し込む。雨や汚れが入らないよう蓋をして、きちっと支柱にゆわえる。

翌朝には、糸瓜の水がたまっている。少量しかたまらない時でも毎日根気よく別の容器に移して、冷蔵庫に保管する。ひと夏の収量はペットボトル三本ほどで、通町の薬局で糸爪水に加工してもらい、風呂あがりの肩から背、手や足のかかとまで、保湿のためにパタパタとはたく。

冬の暖房が化石燃料に代わって久しい。自動点火、タイマーセットなどと、効率よい暖房ストーブを操作できて、こんなに便利なことはないとばかり、電気の力で動く時代を享受してきた。

まだ元気に働いていた頃は感じなかったのに、老年の体には、この化石燃料の熱は強すぎる。乾燥性皮膚炎と名の付くかゆみを感じるのはつらい。薪ストーブでの暖かさはやわらかく、包みこむような感じだった。薪は切って、割って、積んで、ストーブに入れるまで手が掛かるが、熾《おき》や灰などと、土に還る自然の循環が好ましい。

肌にはうるおいが必要となり、自家製の糸瓜水を、おしげもなく使えてすっきりとする。本人が気付かないでいる老臭という匂い、日常の清潔感は失いたくないものである。

ある友人が「ケルンの水」の意とする部分を教えてくれた。ライン地方の地図を巡ると、ドイツとの国ざかいを流れる山や湖のある地形に、ケルンの町があり、良い水質と名水の地か、香水の生まれたところであった。

体臭のきつい欧米人には、香水のかわりに手軽に用いられるのがオーデコロンなのに、私はいま、気がついたようだ。

風呂好きな日本人は、香道の聞き香などと、好みが香りの文化をつくっている。また人種によって体臭は個々の遺伝的な傾向や、食べ物のスパイスからくる生活臭などで差があるといわれている。

気持ちを鎮める香りのラベンダーは、紫の咲き匂う冷涼の地に育ち、一日の疲れによい眠りを誘う花である。

雪の夜の話のたねは尽きることがなく広がっていく。

夜を更かす語らい雪の花咲かす

２０１３年「とのぐち」第31号

正座

ハト、マメ、カラカサ、の小学国語読本は、片仮名で始まっている。入学の時は男の子も女の子も着物姿で、大正時代に生まれた子供に、文化郎と名付けたほど、生活も考え方も西洋式に移っていく、ハイカラ好みの時代であった。

サイタサイタ、サクラガサイタ。昭和一桁生まれの一年生は洋服の時代へ移っていて、私の一年緑組の記念写真は、セーラー服に朱い繻子《しゅす》のネクタイをしている。結んでくれた母の手の荒れが布地に引っかかる音を、いまだに思い出してしまう。ランドセルが歩いているようだ、と言われるほど背も低くまだまだ幼い子供であった。

二年生、三年生と保戸野小学校へ、北の丸新町から歩いて行った。担任の佐藤まこと先生は、習字の先生でもあり、黒板に一の字を書くのに、「おさえてすうっ」と言葉に表して下さった。

四年生に進級した時、父の転勤で私も学校を変わった。転校した組は女子が六名で少なく、勉強も遊びの時間も一緒というのが記憶にある。そのころは、皇紀二千六百年、昭和十五年ころ日本は戦争という大事への一歩手前の時代であったが、日常はのんびりとしていた。この小学校は高等二年生まであって、教室のほかに畳の部屋があり作法室と呼んでいた。

四年生の六人の女子は、正坐の仕方、お辞儀の仕方、座り方、立ち方の順序など、そのころの小笠原流という礼法によって畳のふちは踏まないように歩くことを教えられた。

そのほかに裁縫の時間が四年生から増えて、渡り廊下を通って畳の教室で裁縫を習った。先生は袴姿でおしとやかであった。

基本は、お裁縫をする前は必ず手を洗うこと。正座の姿勢で授業がはじまるのである。

縫い物が好きだと言うわけではないが、女の子としての裁縫は、まず道具を揃えてもらう事が、なによりうれしかった。薄桃色のセルロイドの裁縫箱に、針山には縫い針の短いのと長いの、それに待ち針は頂に玉が付いたりなど、五色ほどの飾りがあり、鋏、糸まき、標を付けるへらなど、私の宝の筥《はこ》のように、母は揃えてくれたのである。

授業ではまずその裁縫箱を、右手のやや上の位置におき、運針の始まりと、終りには針山にあった針の数を数えるように教わった。折れた針などが体に入ると、大変な事になるそうだ。右の中指に指ぬきをして、短い針で運針をする。針目は初めは大きかったり小さかったり、揃わないものだが練習によって段々ときれいに揃ってくる。持って生まれた器用さは、私にはなかったが、縫い物をする事は次第に楽しさを知ることになっていった。

授業の間は正座で通しても、あのころはつらくなかったが、いまは、少しの間しか正座が出来ず、不様な自分が恥ずかしい。

夫の母は日がな一日炉端に座って、長い煙管《キセル》できざょうという刻みたばこを吸っていたが、足を伸ばした姿を見たことがない。私たちも食事の時は、丸い飯台を囲んで正座して食事を摂っていたのに、いまはどうした事であろうか。

涼しい秋の空気に誘われて、二階にある箪笥の整理をする。普段着の袷としてなじんだ、小花模様のメリンスの長着をといてアイロンをかけておいた布が見つかった。

これは老後の自分の姿を想像して、綿入れの着物を縫う予定にしていた布地である。いつ、針を持てなくなるか分からないので、これを機に縫うことにする。

でも正座の姿でないと、背縫いの針目が乱れるようで、座椅子感覚で使える座布を借用してみた。座禅修行に使う用具の座布は、丸みと固さが腰によく、膝に負担を掛けないので重宝した。

何日も掛かって、自分の身長に合わせた表地と裏地を縫い、いよいよ裾あわせをする。裾まわしのエンジ色が、一・五ミリほど出るように縫いあがったときは、ほっと胸をなでおろした。衿下を絎《く》ける。身八ッ口を留めるなど、正座の姿勢で糸を締めるとき、きれいにまとまるように思える。

秋田市で老舗の呉服店の位置がよく分からなくて、着物綿を扱っている店を探した。迷ったあげく寝具を扱っている布団屋に電話して取り寄せた。

さっそく縫った布地に綿を入れることになった。綿はふわふわしてあったかく、植物である綿の繊維の持つ強さ。背縫いを合わせてとじ、脇縫いもしっかりとじた。子供の着物のように付け紐を縫い付け、袖を通すとまあ、かわいい婆ちゃんの出来あがりだ。

いま振り返ってみるとき、子供の成長につれて、ミシンを使い、エプロンやワンピースなどを縫っている。カタカタと踏むミシンの音が楽しくて、少しだぶだぶな洋服でも、気にせずに子供たちは着てくれた。

正座の苦手な人が増えて、椅子の生活になる。向かい合っての二人だけの食事は楽しいはずであるが、ゆっくりと、嚥下機能という言葉を頭のすみに置いて食事をしている。夕餉がすむと私はほっとする。平凡な日常を大事にしたいと感じた。

2013年「とのぐち」第31号

お箸の国

元日のお膳は、祝い箸で始まる。杉の柾目の箸は年の始めにふさわしく「本年もどうぞよろしく」と、かしこまって挨拶をする。木盃でお屠蘇を汲み交わして、お膳に並んだなます、でんぶ、くろ豆など幸を願う正月料理は、父祖の代から続いた、甘い、すっぱい、からいなどの五味で、和食の基本であり、お箸にからむ味の良さがうれしい。

いまは老夫婦二人の元旦は静かで、まめで働けるようにといわれる牛蒡が素材のでんぶ、大根と人参それに鮭の氷頭《ひず》をいれた酢の物、ほっこりと煮てあるくろ豆にも、煮すぎると固くなる経験がいきている。こんな質素な素材は、気持を清らかにするようで、冬座敷のひんやりも老いの惰性を引きしめる。

普段づかいの箸は、津軽塗りを使っているけれど、麺類を食べるのには、竹の箸や杉の箸が使いよい。

和食の素材を生かした食事は、四季のある風土に根ざした、野菜や魚のかずかずで、淡泊なものを好む人や、油っこい物を好むのも、年齢や体質によって人それぞれである。

前の晩にタイマーをセットした炊飯ジャーで、次の日の朝にはご飯が炊けている。ひと昔前の母たちにとっては、夢のように便利な時代になってしまった。特に氷点下の朝などは、床の中でまどろんでいる間に、ご飯が炊けていて有り難い。

かまどで炊くご飯の火加減を見ながら、母たちは何を想ったのだろうか。一刻の自分の時間に短い言葉をおもい付いたのかも知れない。火を熾すという字は捨てがたい美しさを持つが、ボタンを押すだけの簡略さが、かえって事故につながるようで、気持のゆるみに注意したい。

日本人にとって主食である米のご飯は、毎日食べても飽きることはない。まっ白なあきたこまちのご飯は、まず仏前に供える。姑は寺族の出なので、そんな形を夫も引き継ぎ「ご飯炊いたか」と私に声を掛ける。

とりめし、鯛めしなど炊飯ジャーに具を入れて炊く香りご飯は、私も炊いたりはしないが、寺族としてはなまぐささの穢れを嫌い、仏飯を頂いて暮らしている身には、そんなこだわりも必要かもしれない。いまは、自然に身に添うた生活である。

太宰治の小説『津軽』に、陸奥湾の外ヶ浜沿いに蟹田という町が出てくる。太宰の友人であるN氏宅に泊まって、多くのおもてなしを受けたくだりは、北国の人たちにある接待の様子が、ありありと目に浮かぶ。お酒もリンゴ酒も、名物の蟹もいただいて満腹な最後に、N氏は「卵のみそかやきだ」と言っている。これを読むと、北秋田の人たちとよく似た感じで、我が意を得たりとおもう。食の細くなった夫にこのごろよく卵みそを作っている。かつお節のだしに味噌を入れて、卵をよくほぐし、弱火でふんわりと仕上げる。鍋の熱でも固まるので、火からおろして、布巾の上でまぜると上出来だ。

津軽の卵味噌かやきは、帆立貝の殻の大きいのを、かやき鍋にした。秋田でも七輪にひとりかやきと言って、冬は寒鱈、それにだだみ（白子）など、ふうふう言って食べた。

その味を引き立てるのが地酒である。働き盛りの夫の晩酌は切れる事はなく、一週間に一回の休肝日などなんのそので、寒い道を歩いたり、自転車での通勤は想像以上の苦労であった。

冬は鰰のすしをはじめ、かすべの酢物、それに添えられる生の葱は、雪の中から掘りあげた萌黄の色である、寒鯉のあらい、酢だこはあまり好まなかったが、かとうざめは祭りの料理にも出されたが、鮮度が落ちない特徴があって、海岸から遠い村の珍味であった。

初夏には男鹿の鯛にジュンサイの吸い物、そんな季節の味は、吸い物椀の器の出番で、なめらかなジュンサイと鯛は椀のあったかさを通す器物のよさも味わった。秋に山歩きで見付けた本シメジは、食用に飼っていた鶏っこをつぶし、囲炉裏で焼いたきりたんぽ鍋の主役であった。阿仁川は鮎の友釣りと、やなに飛び込むおち鮎がある。水の清らかさ、山の緑の濃さと共に季節の味が多く、家族の暖かさは、食事を通して築かれた想いがする。

和食がいまユネスコの無形文化遺産に登録された。日本人の伝統的な食文化を通して、健康的でバランスのよい食生活は、よく噛む、腹八分などと父母に言われたが、肥満度がたかくなると、成人病を招くのだ。

さて二本のお箸での食事と、ナイフとフォークを使う食事は、質的にちがって、高カロリーの素材は嗜好にもよるが、片寄りすぎる質と量を、いま一度食卓を前に振り返ってみたい。

2014年「とのぐち」第32号

そぞろなり

一　太平箕《おえだらみ》

落葉明かりの庭に、残された石蕗の黄と食用菊の黄色は、末枯れのなかで印象的に目にうつります。この北の町では、花を食べる習慣がありました。菊の花は季節の味として、食卓に彩りを添えてくれます。早生《わせ》種や晩生《おくて》のちがいがありますが、十月も半ばころより花を開き始めます。四十代でこの花を摘んだ日の空の色、五十代の日の夕暮れ、いま八十代で摘む花は、岩手産の安房菊の品種とは程とおく、手入れの行き届かない畑のせいか、摘む手ごたえが今ひとつなのです。

由利本荘地方に、「もってのほか」という食用菊があって、熱湯に酢を入れて茹でると、紫の美しい発色があり、盛り付けたとき「これはこれはおいしそう」と言うように、この品種をもってのほか、または、もって菊と呼んでいます。

今年の春に、菊の株分けをしましたので、秋には頂に五個ほどの小さい蕾が付きます。全部蕾がふくらむと、花が小さいので、三ツほど残してあとは摘みとります。そんなふうに手を掛けたおかげで、秋には佳い花が付いて、持っていった手籠では間にあわなく、もっと大きな入れ物があったらとおもい句が生まれました。

太平《おえだら》箕《み》黄菊もって菊嵩ふやす

太平箕はその呼び名の通り、秋田市太平黒沢に住んでおられる田口召平氏の手仕事によって作られた箕《み》です。大豆や小豆、その他ゴマなども箕を使って乾燥したゴミを、両手で上下に動かして、箕から飛ばすのです。農業機械の発達しなかった時代は、手作業であらゆる事をしました。

秋田市の東に背骨のように見える太平山を、おえだら山と呼んでいるのかよく分からないのですが、おえだら箕と呼ぶのは、親しさが気持のなかに湧いてきます。

黄菊やもってのほかを摘んで、箕に広げた花のみごとさ、手籠にぎゅうぎゅうにつめてきて、箕に広げたときの量の多さを、菊の嵩として下五句に据えました。

国の無形文化財に指定された箕は、行商で売りに歩いた時代もあり、私の年代の記憶には、笊《ざる》や手籠《てかご》、それに縁起物の恵比寿大里なども、雪消えの春には村を訪れたものです。

十一月の落葉掃きに忙しく、隣近所には庭木が少ないので、私の庭の葉っぱは名前が付いているようで、道路に落ちた葉っぱを、追っ駆けるように集めます。菊の枯れ枝も刈り取って、整然とした畑の畝が見えます。葱畑の一列は切っ先を天に向けて、落葉明かりの空を支えているようです。

二　彼岸花

晴天の日は九月十月と続きます。稲の登熟も良く作柄は平年作を上回る豊作ですが、米価が下がり農業も一筋縄ではゆかない秋でした。でも森羅万象のことばどおりに、ある朝、庭の半日陰に彼岸花の花芽が一本二本と見えます。ひと夜でぬっと出る感じです。例年より一週間ほど早く、秋彼岸の中日には数えきれないほどでした。その北限は福島県あたりです。

瀬戸大橋が開通した年の五月、高松の娘の家に行った折に、花の球根を分けてもらって、秋田の地に植えました。日当たりや風の道なども考えて、畑と花壇の境目になる、半日陰に球根をしっかりと据えました。

秋彼岸近くなると、決まったようにかんざしのような花を、頂に糸状に開くのです。一本咲いた二本見付けたと数えますが、家の中に手折って飾ることはありません。茎を手折るとその汁で、アレルギー反応が出て、皮ふが赤く発疹し、かゆくなるので、高松では手ぐさりと呼ぶそうです。

球根を植えて二十年余りになり、いつの間にか増えて、あっちこっちの隅に花芽が見えます。春は葉の芽が茂るように出て、一度入梅前にすっかり枯れてしまいますが、秋には澄んだ空の下の花明かりとなるのです。

誰の忌となく彼岸花咲いてます

2015年「とのぐち」第33号

随筆　3　青葉の旅

青葉の旅

花巻、遠野への旅を終えた夜は、見たり聞いたりしたことが、渦のように身の内をめぐっていた。五月二十八日昼すぎの日射しの中、やっと青葉になった雑木林を背にしたところに、高村山荘はあった。

光太郎を敬慕する村人たちが、一本一本持ち寄った木で建てられたという套屋《とうおく》のなかには、いまではこわれ物になってしまったものが宝物のように、ひっそりとしている。崩れかけた荒壁、炉端に吊られた鉤《かぎ》と湯わかし、棚に並ぶ書物や日用品、そして夜は石油ランプの生活に、たくさんのしのびがたいことをおもってしまう。

空襲で焼け出された人も、敗戦になり急に外地から引き揚げた多くの家を失った人も、似たような小屋住まいであった。そのころは、皆がそうだからと自分に言いきかせていたが、乏しい時ほど、分かちあう生活があったように思う。

智恵子は昭和十三年ゼームス坂病院で没すと、光太郎の年譜にある。そして東京のアトリエを戦災で失い、二十年五月に花巻の宮沢清六方に疎開し終戦を迎えている。

〝太田村山口山のやまかげに稗を食らいて蟬彫るわれは〟の歌がおもい浮かぶ。この小屋で七年の歳月を、農耕と自炊で生活された。彫刻家光太郎の雪の日を知るとき、「人體飢餓《じんたいきが》」の詩のすさまじいまでの人恋しさは、すべて智恵子につながる。

彫刻家山に飢ゑる／くらふもの山に餘りあれど
山に人體の饗宴《きょうえん》なく／山に女體の美味が無い
精神の蛋白飢餓／造型の餓鬼／また雪だ

と、続く孤独な冬の詩、『智恵子抄』や『典型』などを読んだ日のことが、旅をいっそう思い出深いものにしていた。

山荘入り口の套屋のひさしを抜けて、空へ梢を伸ばしている栗の老木があった。幹の太さは四十センチもあろうか、化石のような木の肌であるが、近くで作業している人の話では、いまも秋には栗の実がなるという。

「月にぬれた手」という詩がある。この栗の木の実だろう。栗は自然にはじけて落ち、その音は天地をつらぬくように聞こえると書いてあった。

手渡された山荘のパンフレットには、光太郎の年譜と、その左上には、光背のように写し出された〝光〟の字があった。意味がありそうな感じで見学していくと、その光と言う文字は、お手洗いのあかり採りであった。一瞬の驚きの声と、同行のともさんのカメラのシャッター音がいっしょであった。

明日は遠野へと気がはやる。

遠野までの道程《みちのり》は本当に遠かった。博物館の前で車を降りたときの日射しは、もう夏の光であった。

来内川《らいない》の川筋には、昔話村の幟《のぼり》がハタハタと緑の風に立っている。民話の語り部などを、間近に聞いてから、物語蔵に入った。蔵の冷たさと、遠野三山やくわず女房などの、不思議な世界にひき込まれるような、数々のスライドを見た。

真っ赤な毛氈《もうせん》にみんなと座って見たのが、座敷ワラシであった。蔵そのもののたたずまいもよいせいか、奥の座敷から、ワラシ子の歩く音がするようで、背筋がぞっとする。

一関先生が短歌に詠まれた座敷ワラシには、「くくくくと笑いこらえてゆきし」と、「暗き廊下を泣きじゃくりくる」など、笑いをこらえた姿や泣きじゃくっている姿があり、想像の世界はどんどんふくらんでいた。

そのあと土渕町の伝承園で、おそい昼食をとった。どうしたことか食堂を出るとき、私は最後の戸たてだった。

近くには誰も見えなかったので、車の中に居た人に聞いたら、「あっち」と西の方を指したので、随分おくれてしまったと思い、どんどん急いで歩いた。右手に学校が見えたが、誰の姿もなかった。もと来た道をまたもどり、かっぱ淵のあるという、常堅寺の境内まで行ってみても誰も居なかった。

一面の青田と、ホップの蔓が空にのびていた。かっぱはときどきいたずらをするという。やっと車にもどって休んだ。おどけた話である。かっぱの仕業かな。

そんなハプニングがあり、伝承園の中のおしら神にも会えなかった。
思い出にあふれた、青葉の旅であった。

1994年「とのぐち」第12号

晩夏光

二日がかりで到着した永平寺は、杉の大樹を透かす残暑の光の中に見えた。門前町の手前が、もう寺領になっているので、石の柱の正門が境のように建っていた。

杓底一残水
汲流千億人

左右の石の柱に彫られたこの偈《げ》は、昭和四十二年主人が父の納骨（分骨したもの）に上山したときの写真で見ているが、意味を考えることもなく、今日の日を迎えていた。
すこし右に歩いた木立のなかに、平成二年建立された、種田山頭火の句碑にめぐりあった。

苔が這いあがるままにというかんじで、ずっと遠い昔からここに建てられたようである。永平寺川の湿度の多いほとりにある碑のたたずまいであった。

てふてふひらひらいらかをこえた
生死のなかの雪降りしきる　山頭火

山門、僧堂、仏殿、法堂と吉祥山に登るように建つ伽藍の甍《いらか》を越えていく蝶は、山頭火の分身であったかもしれない。俳句にかかわりをもっていることで、親しい人にでも会ったような碑であった。

この度の上山は、主人の母の納骨のためである。永平寺の朝は、振鈴で目覚める修行道場への期待もあり、壇参の人たちは皆緊張しているようだ。

朝三時十分、夜の明けぬ回廊を法堂へと登っていく。折から強い雨が板戸をたたく。階段の欅の板一枚一枚は、拭き込まれた木目が、手暗がりのなかで白く浮き出て見える。幾まがりしたことであろうか、いよいよ法堂である。左手奥に壇参に随行した僧侶が、正装の袈裟で座られ、私たちの正面には、二百人は居られるという雲水の黒の僧衣が、簡潔で美しい。肘を肩の高さまで張り、両手は鼻の位置で合わせた合掌の姿である。

朝課がはじまる。磬子《けいす》（大きな鐘の鳴らしもの）の一打が堂内に響き、木魚がそれに和して続く。地から湧くような誦経は、法悦境の敬虔《けいけん》さを、心の底からよびさますようである。

木魚打つ吾れ澄むほどに秋くるか
明けてくる朝課の涼や大板戸

五歳で父を亡くし、その風貌《ふうぼう》すら知らないという主人に、母の手ひとつで育った、兄弟との歳月を振り返るとき、自然のうちに、ふた親の法名を唱えていた自分に気付き、我に返る思いがするのであった。

いつの間に開かれたのか、一枚の格子戸から杉の大樹が雨靄《あまもや》を白く引いて見える。朝蜩《ひぐらし》がひと際かん高く鳴く。呼応するように鵯《ひよ》の声が聞こえて、

朝蜩ひと声づつの鵯《ひよ》も和し
ひたひたと僧衣の潮《うしお》勤行へ

雲水の足袋は親指のついていない白いはき物で、歩く動作は潮が満ちてくるように伝わってくる。統一された敏捷さには、高揚された精神と、修行の賜であることを深く思ったのである。

壇参の人たちの焼香の列が終わり、回廊へと移っていく。朝の空気と雨を吸った青い苔に、

のっそりと蟇が這い出ているのを見たとき、いちどに緊張が解けていくようであった。朝課の終わりを告げる法堂の鐘が続けざまに打たれる。

晩夏光別れの際は子も雲水

雲水としてこの寺に修行中の息子を持つ僧である父は、「もう言うことはないか」と言って別れていったという。法を継ぐ僧となるであろうこの青年の姿に、誰《だれ》でもが出来るというわけでない修行という青春は、生涯忘れ得ぬものとなるのではと思い、私たちも寺をあとにした。京福電鉄の永平寺駅は、多くの人の出会いや、別れを見て来た木造の駅舎であった。朝の冷ややかな椅子に座り、日常がもどったような気持で、温かい牛乳を買って飲んだ。二両の電車が入ってくる。車窓からは夏草に見えかくれしている道標が見える。電車も自動車もない時代は、徒歩で道を求めて上山した雲水の草鞋ばきの姿に、漂泊の乞食僧といわれた山頭火の句を思っていた。

福井駅十二時五分発の特急白鳥に乗り、秋田に着いたのは、おそい時間であった。

1993年「とのぐち」第11号

越前さん

平成七年の旅行は、下北半島、恐山、仏ヶ浦に決まって、とのぐち会の六月の例会では旅の日程や、案内などが配られた。

下北の冬の地吹雪、五月の連休のころも吹きつける冷たい東風の〝やませ〟など、気象条件のきびしいことをまず思ってしまう。北限の猿や、寒立馬《かんだちめ》などの動物の冬の姿は、テレビの映像と想いの二重うつしで見えてくる。

寒さと飢餓のなかで、生きているしぶとさは、津軽言葉の「けっぱる」の心意気にも通じるけれど、日照不足で登熟しない稲田には火を放つ、という北の風土が生む凶作の印象があって、これから旅をする下北への想像は、辺境の地の寂しさがあった。

そんな想いのなかで、福垣れいさんの教え子である、越前陽悦さんにお会いしたのである。むつ市で恩師との約束の再会をなさり、とのぐち会員と一緒に昼の食卓を囲まれて、下北はまかせて、という頼もしい越前さんの道案内がはじまるのである。

頂いたパンフレットの表紙には、〝もともと下北では時間なんて放し飼いなのです。旅の方の大切な時間は、ここでは一時お預かりしています〟むつ市——と書いてあった。寒立馬の放し飼いと、有限な時間とをダブラせたキャッチフレーズに、なるほどと感心してしまう。

まず恐山に詣って、という越前さんの案内でバスを降りる。夏への光はおもいの外に強く、案内板「恐山奥の院」の前で記念の一枚を、佐々木ともさんのカメラにおさめる。

ご本尊安置の地蔵堂へ真っ直ぐのびる参道は、硫黄の臭いが漂って、木や草の生えるのさえ寄せつけぬ異様な空間であった。いたこの口寄せを通して、亡き人に会える一途さでの参詣は、また別のおもいが深いのであろう。

観光化されてしまったとはいうが、賽の河原の石積み、宇曽利湖の水面《みなも》など、山の姿や自然のたたずまいには仏性があるように感じられた。津軽の気候がそうさせるのか、地蔵様も手拭いでほおかむりをしている。訪れる人たちがそれぞれに新しい手拭いを地蔵様にかぶせる。風が吹くたびにその白さが、はたはたとおどろなものに見える。帰りのバスの窓に見える山の湖には、川鵜が五、六羽浮木に止まっていた。

しのびよる黒い影を払うようにと思ってしまうのは、恐山への偏見であろうか。福垣さんのお話によると、地元の人は塩を持っていくとか。それほど〝あらたか〟なのであろう。

むつ土木事務所発行の道路案内図により進行することにしよう。恐山より薬研温泉まで三十分、大畑まで十六分とあるので、山越えのあすなろラインも車で五十分弱という速さである。

一路めざすのは本州最北端の地、大間崎へ。風が名物という土地柄で、屋根に石を並べた家もあるが、一般的なトタン屋根が、寄り添うように建っていた。北海道へのフェリー埠頭もあって、最北端の地という感傷も湧かない。天候に恵まれた夕暮れのせいかも知れなかった。もと来た道をもどり、今夜の宿泊先下風呂《しもぶろ》温泉に着いたのは、午後五時を過ぎていた。
秋田市を出発したのは午前六時、通町の野口駐車場を出た。五城目を越え、上小阿仁森林センターで手配された弁当を食べる。連日の雨模様の空も北上するにつれて晴れてくる。中沢さんの晴れ女を自称するご精進とのことで、元気で参加されたことが、なによりうれしかった。

いさり火と海の幸ホテルニュー下風呂の夕食は、久し振りで再会出来た師弟のなつかしさであったろう。海の見える宴席では、下北八景の唄までご披露されて盛会であった。

弁天島の燈台が赤く左手の窓のむこうに光を放っていたが、漁火はちらほらであった。

七月十五日下北半島二日目の朝は、太陽が太平洋から昇り、昼のような明るい朝であった。まだ四時半だというのに起きだした人もいるようだ。港には昨夜のいか釣り舟のガス灯が、眠りこけているようにぶらぶらと吊られて、ひとっこ一人いない。

あがりだての味であろうか、朝食に並んだいかさしは、喉をいっきにすべり落ちても、まだおいしい味であった。

八時三十分出発である。いか様レースで有名な風間浦村を過ぎて、佐井港まで一時間。福浦から牛滝への三キロを高速船の上から眺望する仏ヶ浦である。五百羅漢、屏風岩天龍岩など奇岩にふさわしい名前である。遠くシベリア、オホーツクの厳しい風と荒波に削りとられても、み仏の形に見えてくる不思議な力は、日本三大霊場の恐山信仰のうしろだてが、息づいているようだ。

高速船から降りて歩くことの出来る奇岩の下を、越前さんと福垣さんの後ろ姿が小さく、見上げた岩の窪みには、エゾスカシ百合の花が、やどり木のように咲いている。

まならうに映す風景は、時間によって消えてしまうが、カメラのとらえた写真の目は、本当にすばらしい迫力をもって、机上に並べて見ることができる。にわとりのように見える岩は、天龍岩よりとび抜けた高さにある。松の色も海の白波も、白砂青松のたとえのようで、計り知れない自然の力に酔うおもいであった。

旅はまた地元の美味しい食べ物にめぐりあう楽しさで、名物のウニどんぶりや、海のパイナップルといわれるホヤも磯の香があって、好物のひとつになってしまう。

いよいよ帰りの行程となる。越前さんの三三八《さんさんはち》号線の知りつくした土地勘に導かれ、渓谷美や水の澄明さ、青森ヒバの大樹を間近に見ることが出来た。本州最北にいる野猿にも出合い、越前さんの郷土愛に満ちた説明を聞いた。

対岸、北海道の恵山《えさん》がよく見えるのも、雨の晴れあがった日のせいだと言われる。奥戸はアイヌ語で〝オコッペ〟と読む地名の呼び方や、松林に囲まれた大平《おおだいら》小学校は、福垣さんの勤務校であったことなど、車中は楽しい思い出話にひたっていた。

釜臥《かまぶせ》山を左に眺め、かつて軍港があった大湊に入る。自衛隊の軍艦なのであろうか。むつ市到着は午後三時であった。

二日間案内して下さった越前さんともお別れである。善意にひたりきった下北周遊の旅であった。

まさかり半島の刃の部分を走り抜けて浅虫に着く。青森市までの海岸線は、水族館を家族で見学した時通ったこともあった。青森産業物産館アスパムで休憩。その短い間を縫って家に電話を入れる。「青森を四時三十分に出発して行くよ」と夫に伝えて受話器を置く。青いシートに覆われたねぶた団地を一寸のぞく。はだか電球が吊られた作業場は、針金でねぷたの形が組まれて紙が少しずつはられる段階であった。つい「やってるやってる」と声を掛けてしまう。

予定の四時三十分に西日の赤い青森市を抜ける。途中矢立ハイツの設備の新しくなったのを横目に峠を下る。このあたりでは薄暗くなって長かった夏の日も山の端へ沈む。いよいよ杉の国あきたで大館市までもう一息である。

大館駅前で休憩して、夜の食事まで気遣って下さった、花善のとりめし弁当を頂く。バスの網棚はお土産で重いし、会員の重さも加わって運転の小林さんにも大難儀をお掛けしてしまった。

五城目街道を左手にヒロ子さんの妹さんが「実家《いえ》の灯が見える」と言う。東京から参加の方である。総勢十五名の旅は、午後九時三十分無事に野口駐車場に安着した。三日の行程を二日で走り通した野口さんの旅行計画の見事さであった。

その後の越前さんは、むつ市の市会議員にトップで返り咲いたという。教師冥利につきる福垣れいさんである。

1996年「とのぐち」第14号

海よ、山よ

「風の松原を案内しましょう」と何度かお誘いを頂いていたが、なかなかまとまらず、やっと能代市の武藤鉦二氏宅へ秋田から五名で訪問することに決まったのは、文化の日であった。

夜半の強い風雨に目が覚めたが、明け方近くにはおさまっていた。武藤氏は東能代駅まで迎えに見えていた。一路臨海地区へと車は走る。途中の刈り田に白鳥が飛来していて、雪の来る日も近いのではと思った。能代エナジアムパーク（火力発電所）の前庭に車は止まった。前後して塚本佐市氏も同道して下さる。地元の俳句仲間との吟行会の形となった。

地元還元の意味もあるとの事で、ふるさと伝承館は入場無料であった。能代の夏まつり東北不夜城のパンフレット通り、ねぶながしの灯籠《とうろう》が館内に飾られている。電源が入る。笛と太鼓の囃子《はやし》が流れて、目の前に子ども七夕の等身大の人形が並んでいる。笛の音は哀調があり、太鼓は勇壮さを盛りあげて、私を遠いあの日に誘うのだ。

それは長子が小学校へ入る前の年であった。男鹿半島に遊んだ時の父と子のスナップがある。能代の祭りなので町の中を車で通ったのを折に、柳町の角にある親戚に立ち寄った事でねぶながしを見て帰ることになった、と言う。二階から見たねぶながしの灯籠の明かりは、急によその家に連れてこられた子供の目には、どのように映ったのだろうか。ただ眠かったのかもしれないと、上機嫌になった主人は言ったが、家に帰り着いたのは午前二時だったとか。笛の音からもらった思い出である。

伝承館を出て熱帯植物園に入る。湿度のある階段を踏んで上ったところに、タビビトノキという十二単衣の衿元を逆さに開いた団扇《うちわ》のような植物を見た。句にまとめるとき「たびびとのき」と平仮名で書いたら、植物名はかた仮名で書くように決まっている事を知った。呼び名のおもしろさにまどわされてしまった。それで〈タビビトノキと会う両手汗ばめり〉こんな句である。

植物園を出た空は遠くまで晴れて、日本海の白波のむこうに白神山地が見える。連山の右端は田代岳で、左の端の山の尾は海へ垂れている。五能線に風合瀬《かそせ》という駅名があった。あの辺なのかも知れない。湾の曲線をたどった目に、ひと際突き出た山が岩木山頂とのこと、あの裾は鯵ヶ沢で、風と波への旅は津軽三味線・高橋竹山の世界へとつながっていく。

塚本氏の案内は風の松原である。日本五大砂防林のひとつで黒松の延長十二キロ、奥行きは一キロという深さである。塚本氏は能代の生き字引きといわれる方で、木材都市能代らしい松林であること、梢《こずえ》を渡る風の音を松籟《しょうらい》と言い、七百本の松の木を二百年守り続けられた木々であることなど、蘊蓄《うんちく》のある語り方に、ほのぼのとしたものを思った。散り敷かれた松葉は、上質の絨毯《じゅうたん》のような弾力があり、これで一句をまとめた。

〈松敷葉足《あ》裏ほのぼの雁渡し〉冬鳥の渡ってくる頃と、松林を歩いた靴を通した想いが、二句一章となったのである。

木の間がくれに朱い鳥居がちらちらとする。コマユミの朱い実が触れると、こぼれそうな秋がそこにあった。

松籟は北方指向冬はじめ
松敷葉足裏ほのぼの雁渡し
白神の尾は海へ垂る冬構
礎馴れの背骨の松に北風《きた》の相
短日や海へいちにち肩張る木

三十分で一人四句、十人で四十句、四人で手分けし清記、句稿が出来て、すぐさまコピーにかけられ、人数分に配られる。

この句会の手なれた技と意気込みを思い、統計的にも晴れの日の多い十一月三日であった。

帰路には後の月が見送ってくれるように昇っていた。

1999年「とのぐち」第17号

ひろしま

　五月の連休を利用して、娘夫婦の誘いで山口市方面へ行った。子供たちの希望もあり、秋吉台やサファリーパークなどへ寄り二泊目の夜は広島に一泊した。平和公園に近いこのホテルは、折りからのフラワーフェスティバルの歌声が届くほど、華やかで飾りたてられた町となっていた。

　翌朝どこを観光するかといわれたが、五十年前に原爆の投下された広島を訪ねて、資料館を素通りするわけにはいかないと思った。

　夫が以前から、子どもたちを「広島に連れて行く」と言い続けていた。「もう見せてもいい時期だ」とも言った。長女の香菜子は五年生、次女の瑞穂は二年生になった。

娘の「広島」という文章はこんな書き出しで、この資料館を見学したことが書かれている。いまは中学三年生の香菜子と六年生の瑞穂に成長している。

　八時すぎにホテルを出てこの町を歩き、平和公園へむかった。原爆のきずあとはどこにも見あたらず、若葉の萌える街路樹を仰ぐように歩いた。

　歩いている間に自然に目から涙が滲んでくる。涙につられたように「水を下さい」と呼んでいる声が蘇ってきた。

その惨状はこの資料館の中にあった。入り口付近は順序よく進んだが、中では展示物を丁寧に読む人でびっしりであった。

原爆前の広島市、原爆の投下された状況や、各国の原爆実験など世界への発信地として、核廃絶の記事があり平和都市広島が展示されていた。次の展示館は被爆を再現した「死のまち」である。

三体の、防空ずきん姿の人形が、両手を前に差し出し、火傷の皮膚をむきだしに突っ立っている。作曲家大江光さんが、作家の父大江健三郎氏と一緒に見た場面である。あまりの惨状に恐れて、足が進まない光さん。「もう見せてもいい時期だ」と娘が書いていることがうなずけるところであった。

八時十五分で止まっている小さい腕時計、勤労奉仕で作業に出ていた県立高女の校章のついた夏服。同時代を生きた私にも、なつかしいへちま衿の白い夏服のようである。銀行の大理石に写った人の影の石や、鉄骨が飴のように折れ曲がった一部分、白壁に残る黒い雨などが、ガラスケース越しに並べてあった。

榎《えのき》の幹が最後の展示棚に据えてあった。ふたかかえ程のその榎は、被爆後も芽吹き緑の葉を茂らせていたが、昭和四十年に伐られてその一部が展示されていた。手で触れることの出来るのは、この幹だけであった。

空洞になった幹の内部まで見える。右手でその幹に手を当て祈るように見た〝触感〟という言葉が湧いて、少女のままで逝った人に出会えたようなここちであった。木というものが持つぬくもりのせいであろうか。

折り鶴の塔や平和の鐘、燃え続ける炎、破壊されたままの旧広島産業奨励館のドームには、大きなガラスの窓越しに見えるところに長椅子があり「対話ノート」が置いてあった。

あのとき小学二年生だった瑞穂は、少し背伸びしてペンを持つ。はっきりと大きな幼い字で（せんそうは、ぜったいするな）と書いた。

いま六年生になった瑞穂は、父と一緒に二年生のとき解らなかったことも丁寧に見学していた。中学三年生の香菜子は、「たくさんの外国の人も訪れています。広島に世界に平和が続くように」と書いたようである。

民族衣装で歩いているオランダ人らしい一団、同じ皮膚の色をした中東アジアの青年男女が行き交い、花壇には花があふれるように咲き、噴水は空高くふきあがっている。子供たちが露店を見ている間に、元安川の端にあるベンチに主人と座り、黙って流れる川を見ていた。

平和は五十年続いたが、あの惨状を知っている私たちの年代も、知らない子供そして孫たちの時代も、核のない世界を築く努力を惜しんではならないのだ。

六十年間は草も木も生えないといわれた焼土の広島は、街路樹が濃い緑に移っていく季節であった。

1996年「とのぐち」第14号

一服の抹茶

秋の日差しは、まだ残暑を思わせるような日であった。日傘も帽子も持ちあわせていなかったので、日の強さに目がくらんだようで、天守閣までの階段を上る勇気がなかった。

九月二十九日、会津若松、〝鶴ヶ城址〟でのことである。とのぐちの旅行では、いつも指定席のような車のいちばん後の席を降りて、青山さんと私はついて行ったのである。千秋公園にはない、見上げる程の城壁は歴史を語る石組みで、その影は心地よい涼しさを道幅いっぱいに広げていた。左に曲がった所から本丸の広場は開けて、右手には天守閣が聳《そび》えている。

左手の売店や城址の資料展などを見学していると、後ろから野口さんが足早に追い付いて、「茶室麟閣《りんかく》を拝観して行こうよ」と言う。入場券を三枚求めて、二枚を渡して下さる。ここで私の連れは、茶道では腰掛け待合にあたる床机に掛けて、一服の抹茶をいただくことにした。

私は満田屋で昼食に出された田楽を数々食べたので、お茶の時間には少し間のある気持ちと車酔いを警戒して、濃いお茶を控えていた。

お茶事はよく分からないが、露地のしっとりとしたたたずまいは得がたく、蹲踞《つくばい》、躙口《にじりぐち》などの説明を興味深く眺めていた。侍はここで刀をあずける刀掛など茶道のしきたりは、後で本を読んで調べたのである。裏手にまわると、茶花が植えられている。秋明菊や杜鵑草《ほととぎす》は、秋の花なので咲きほこっていたが、西日を根元に受ける所の女郎花や桔梗は、暑さのせいでうら枯れている。やぶがらしと名札のある紫の実をつけているのは、別名やぶらんといって、葉に斑《ふ》の入ったのは珍しかった。

野口さんと後から入られた方も、抹茶を頂いていくとのことで、青山さんと私は麟閣のお庭を出た。舗装された細い道を道なりに広場の方に歩いていた。

本丸広場を出て、城壁を右へ右へと曲がり、あかい廊下橋を渡って行くと、運転の小林さんが待っている車があるところなのに……。魔が差したのか、左へ道なりに歩いてしまっていた。右手の案内所に貸し自転車が五、六台、ばばチャリという私むきの自転車が二台あったのは、あの時の記憶にはあった。

二人で歩いている道は静かで外堀の水草は涼しげに見えていたが、あの印象的なあかい橋は、その時の視界にはなかった。いま改めて鶴ヶ城址の地図を広げて見ると、西出丸の追手町出口へ、道を間違えて出たことになる。

午後の日差しに目をあげたとき、辺りの風景に見おぼえがないので、別の方へ歩いていたことに気が付いたのであった。集合時間は一時四十分である。私の時計はその時五十分を指していた。「元きた道をもどればよいのに」と言われながらも、大通りへ出てしまっていた。

右側にあるそば屋に声を掛けた。忙しくしているのに相手の事を考える間もなく、「駐車場を間違えたようで道に迷っていますが」、元気な店主は一寸手を休めて、「あの信号を右に曲がると、大型バスの止まる駐車場ですよ」と言う。もう暑いとか言ってもいられず、ひたひたと歩いた。

この駐車場にも小林さんの車はなく、修学旅行の中学生が大勢出入りしている売店の中を通り抜けて、再び城址内に入ったが、道はふた手に分かれている。タクシーのドライバーに「あかい橋の見える駐車場で降りたのですが、道に迷いどっちへ行ったらよいのですか」。「あのあかい橋は廊下橋って言うんだよ」と。もう二時をとうに過ぎていた。

その廊下橋を渡ったのか渡らなかったのかさえ記憶になく、少し前に歩いていた道筋さえあいまいで情けなかった。〈誰かの姿が見えてもよいはずなのに……〉自分勝手な不安をかきたてる。その時、ずっとむこうに城壁を背に半袖シャツの小林さんの姿が見えた……。「きっとこのあたりだと思ったのですが」、小林さんは安堵の表情を浮かべ、坂を走っていった。

坂を下って廊下橋を渡り、右へ曲がった所に車は待っていた。みんなの顔がぽっと車窓に見えた。予定時間を超過し手まどったことに、どっと気はずかしさと申し訳なさで、身の置きどころのない思いであった。

あの時、一服の抹茶を一緒に味わっていたら、こんな迷い道には踏み込まなかったのにと、後悔しても時間はもどらない。

予定通り飯盛山にある幕末の動乱で散った若い志士をしのび、松の枝越しに鶴ヶ城の天守閣を遠望した。歴史のひとこまがこんな形で残されていて、若い悲劇のあわれを思っていた。

宿泊のホテルプルミエール箕輪《みのわ》に着いて、やっと旅の解放感にひたることができた。

次の日の三十日は、撫《ぶな》や蔦《つた》の色づきはじめた樹海のレークラインを越えて、野口さんの説明による最上川源流の滝を眺めた。酒田港へ注ぐ大きな河も、一条の滝より生まれる実感がうれしかった。吾妻山の山頂は霧が濃く、運転の確かさと旅の企画のご苦労が有り難かった。米沢で昼食の牛丼をいただき、留守をお願いした人にもお土産を用意することができた。

十九日吾妻山の初冠雪をテレビは報じていた。山越えの日も身近なおもいがする。

2000年「とのぐち」第18号

岩木山

津軽平野の単独峰岩木山で、遭難事故があったのは、昭和三十九年のことである。大館鳳鳴高校山岳部のメンバー四人が、正月四日から七日の冬山で、吹雪にのまれてしまったのである。この遭難をドキュメンタリー化したテレビ番組を見たのは、平成十三年四月であった。鳳鳴高校より出版の『遭難誌・岩木嶺に眠る児らに』は、三十八年程前のことである。

一度は読んだことがあるけれど、この機会に再読したいと思い、市立図書館に照会したところ、一冊より手元にはないので、貸し出し禁止の本とのこと、同じ題材で書かれた『空と山のあいだ』を借用した。

この本の著者は、青森県蟹田町出身、ノンフィクション作家田澤拓也氏である。読み始めると息をつめるようにして読んでいる自分に気付くのだった。空と山のあいだとは、宙ということになろうか。二人の生還者の一人でいまも沖縄に住む、村井秀芳氏の告白の標題によって書き出されている。第一章北門鎮護から、第五章最後の歌からなる一九八ページ。第八回開高健賞に輝いた作品で、次へ次へと読み進ませられる一冊であった。

終章には、比内町扇田出身の当時高校二年の乳井孝司君の母親一子さんの次の言葉がある。

「これくらいの山で遭難して、などと思いません。私はあの岩木山という山が大好きで、一時は毎朝起きたら岩木山が見えるところに家を建てて暮らしたいと思ったこともあるほどですよ。息子を奪《と》られた山だとか、迷って死んだ山だなどとは、ちっとも思いません。やっぱり津軽の人たちが毎日〝今日はいい天気だな〟などと言って見上げている山なんだもの。本当にいい山ですよね」

静かでおだやかな口調だった。目にはうっすらと涙を浮かべていたが、口惜しさや皮肉などは微塵も交じらない、どこか決然とした笑顔だった。

この終章を読みおえて私は大きく息をした。

小学生になった子供を連れて弘前へ家族旅行をした。その時から岩木山は、仰ぎ見るにふさわしい好きな山となってしまっていた。北秋田に住みなれたせいで、どこか津軽っぽいのである。おやつは津軽りんごであったし、行商にくる津軽言葉の人を、「まんご」と呼んだのは、子供好きなりんご売りで孫、孫と呼んでくれた。まんごはみんなからの愛称であったのだ。

お客人には家中にある食べものは全部、いや、ありったけご馳走しなければ気のすまないところなど、太宰治の『津軽』の中に書かれている、蟹田でのもてなしと似ていた。飲ませたい、食べさせたいという、人っこの良さの中にも、何事かの時は決然と内に秘めているのは、冬の風雪と寒さを受容して生き継いだ、親からの賜物《たまもの》かもしれない。

見たところは地味な心根をよしとする、母のまなざしが、子どもを山で葬った一子さんの中にあったことを、私は深く心に寄せたのであった。

＊

長女三樹子が故郷を離れた大学一年の夏休み、二人で岩木山に登った。奥羽本線青森行に乗って、弘前駅で下車し、弘南バスの停留所から仰いだ岩木山は、思わぬ位置で私に迫ってきた。車窓の右手に岩木山神社の大鳥居が見えた。登り勾配になる高原には、気の早い青芒が風に吹かれている。昭和四十九年八月二十三日であった。

八合目の駐車場でバスを降り、二人掛けのリフトに座ると、間もなく足元からぐんぐんと高くなる。ふんわり浮かんだような心もとない気持ちだ。裾野の広いこの山裾のむこうに、弘前市街がかすんで見える。程なく着いた岩と石ころの尾根道で、這いつくばるようにして山頂をめざした。

岩木山頂の標識と、本宮に詣で四方に目を移した。風を眼下に、日本海の鰺ヶ沢方角より流れているようだ。真昼間の山の尾根はその時急に想像を超えた霧の流れと、太陽をさえぎる黒雲で一瞬まっくら闇の世界になってしまった。雲の流れの無気味さに、いつまでもとどまるところではない山頂を後にしたのである。山とは、急変する気象の激しい所でもあった。

津軽平野を背にした尾根に、遭難の墓標が幾本もあって、残された者への思いが走る。昭和三十九年の鳳鳴高校生の遭難碑は、大鳴沢の中流、畠山勉君の遺体発見地点より下流、五十メートルの所にある。寒中の風に真向かって立つ若い命の灯が、この山の土塊となっていったのだ。励まし合って生きつなごうとしたであろう。いまも山霧の流れの早さにはたじろぐばかりである。

岩木山遭難慰霊碑
昭和三十九年一月六日百沢より登頂猛吹雪の下
山の途を失い大鳴沢に連絡終に帰らず
いま朔風の嶺頭に悲しき四名の名を留める西海の
夕日は愈々紅く映え年少無慙の霊を永く慰めてくれよ

自然石にはめ込まれた鋳鉄で、上月先生の揮毫によると記されていた。

娘と二人での下山の尾根で行きちがう人の中には、お山掛けの白い六根清浄の姿に出会った。

信仰の山でもあるこの地に、軽装で登頂したことが、この時悔やまれたのがいまも胸に残っている。観光という名で、ずかずかと自然にふみ込むのは、人の心がそれらの畏《おそ》れを忘れた、なげかわしい時代である。

岩木山はいまも津軽平野と共に心の故郷となる名山である。

2003年「とのぐち」第21号

紅葉狩

平成十六年、今年ほど台風に見舞われた年もなかった。十六回目のとのぐちの旅も、十月一日の予定が台風の余波のために月末の二十九日に延期された。みちのくの紅葉まっ盛りの時であった。会員のなかには自称、晴れおんなという人がいて、十月小春の日和に恵まれた。

一路秋田自動車道を南下。横手を過ぎ岩手の湯田インターで休憩する。四囲の山の黄落《もみじ》明かりに包まれて、新しい空気の中に立っていた。高速自動車道のまだ無かった時は、県境を越えると、右手の車窓に錦秋湖が見えてくる。朝霧のまだ晴れていない展望所に立つと、平衡感覚の弱い車酔いの体質には、いっときの救いの場でもあり、旅の楽しさを続けるポケットパークでもあった事を思い出していた。

この錦秋湖は昭和三十九年、和賀川の上流に完成した多目的ダムである。散在する村の五八七戸を飲み込んだ人造湖で、渇水期には水没した立ち木が、泥を着た姿で佇《た》ちつくしているのを見ると、村のかつての記憶が未練たらしく蘇ってくる。

横黒線は横手から隣県の黒沢尻を結ぶ、本州の背骨のような奥羽嶺を抜け出る貴重な鉄路であった。現在は北上線と呼んでいるが、冬期の雪には不通になることもあって、越すに越されぬ難所である。いま車で通っている高速道路から、左手の山裾にへばり付いたような、じぐざぐの旧道が見える。トンネルを抜けると鉄橋、左へ湾曲する防雪柵のガードを抜ける。右手に錦秋湖が迫るように付いてくる。難工事の旧道を思い出すことが出来るのも、風景としては印象的であるが、人柱の佇ったことなどを思ってしまう。そんな回想にひたっているうちに、九時五十分、景勝地猊鼻渓《げいびけい》に到着していた。

十時乗船、昼食や運転の時間配分には頭の下るおもいがあり、仲間との楽しい会話はなににも替えがたい。

木造舟の中で聞く、南部牛追い唄ののびやかな節に期待をかけていたが、そろそろ紅葉も終わりに近いこの時期、船頭も人疲れしているようであった。川の上流で舟を下り、巨岩、怪石の大絶壁を仰ぐ。足許の川砂の道を気にしながら振り返ると、対岸の山紅葉が折りからの風を受けて、川上へ吹きあげられていく。一瞬の風の綾であろう。こんどは先ほどとは反対方向の川面の輝きめがけて散り急ぐ。一緒に歩いていた友人と束の間の移ろいには、息をのむおもいをしたのである。

午後より北上市の詩歌文学館を見学する。開館された平成二年には、記念の詩歌の募集に参加したことがあったので、一度は尋ねてみたい所であった。

展示されている「追悼・井上靖展」の生原稿は、一行空けの記号、引用文の二字下げの迫力、万年筆の棒線などには引き込まれてしまう力があった。庭園側に窓のある部屋は、一般の和歌や俳句の色紙が展示してあった。

帰省子の駅より直に田の母に　大木俊秀

小学校の階段が滝のよう　西川徹郎

生活と詩情にあふれた色紙の展示に、しばし立ち止まっている私がいた。短歌は俳句より、事を述べることができる。

京都より電話をすればおおと言いただそれのみの北に住む父　梅内美華子

この作品は電話の声まで耳許で響くようである。娘は「父さんはいつもそれだけでいいのかな」と言ってしまいたい気分がする。東北人は口が重いというが、家族を信頼しきった男親の「おお」ではないだろうか。

午後三時近い時間になってしまったので、旅程を変更する。岩手山麓の紅葉を見ながら、ログハウスの「チャグチャグ」というコーヒー店に立ち寄った。小岩井を通り田沢湖、角館へ抜ける道筋は、旅なれた人でなければ通らない所らしい。

車を降りた私は、まず北東へ流れる岩手山の壮大なる斜面に目を見張った。碧く黒く翳《かげ》を引く稜線。山麓は牧野であり、果樹園ありで、白樺林の向こうに見える岩手山頂、夕茜に染まる足許の満天星《どうだん》は、火のように赤い。手漉《こ》しのコーヒーは丁寧に入れられて、帰路のエネルギーになる。

四時三十分秋田市へ向け出発。すっかり暮れてしまった13号線は、折からの種苗交換会（大曲市）の車で渋滞していた。ドライバーの小林さんは、すいと左折し、間もなく御所野へ抜けた。「やまくじら」の目標物を左折した近道であった。日本海側の塩害をよそに、紅葉狩の秋の一日に恵まれたのである。

2005年「とのぐち」第23号

冬そこに

一

東北自動車道秋田北インターで、太田さんが乗車されて、総勢十四名が揃った。この会の年中行事の旅行も、十九回めである。日帰りなので気ぜわしいが、計画通りなのが有り難い。日本海を北上し、紅葉の十二湖、その先の深浦探訪である。能代南インターで高速を降りたのが八時三十分。出発してから約一時間である。もう速いもので県北部の海岸線を走っているのだ。谷内さんや九嶋さんの母郷という東雲原《しののめはら》を通るころは、地名のなつかしさにひかれて、車内は一層和んでくる。

アスパラガスを栽培しているビニールハウス、杉苗を育てた黒ぼくの畑、谷内さんの文章を通して知り得たことである。常盤、久喜沢などは、みょうがの産地らしく、季節を過ぎても葉だけは叢《くさむら》のように散在し、真っ直ぐな農免道路をひた走る。峰浜の小手萩はそばの産地らしい。右の辻には塙川《はなわかわ》俳句の小学校という緑の標柱が見えた。

右手車窓に、白神山地が見えだす。八森を過ぎた左手に、日本海の波が岩礁に砕け散る。道路の行く手前方に、立ちはだかる山塊の岬が、海へなだれ落ちるかのようだ。

はるか水平線の彼方に島影が見える。釣り人のメッカ久六島《きゅうろくじま》とのこと、海が荒れると帰れないとか。時刻は九時三十分であった。

太田さんが地球は丸いことの証明のように、客船が見えるという。秋田港に寄港した豪華客船「あすか」とのこと、半径八マイルの水平線の視野に広がった沖を見渡すと、なぜか気持ちが浮き立つようで、しばらく客船を見ていたが、いつしか蜃気楼のように消えていた。

大間越トンネルに入る。出たところに白神山登山口の小浜沢川の標柱に、十二湖まで二十五キロとある。

二

日本キャニオンの白い岩肌は、峨々《がが》として不思議な風景である。この頂上から見える湖沼が、十二に見えたのが「十二湖」の地名とか。弘南バス停の「ひぐれ橋」で下車する。

このあたりは青森県に入っていて、ドライバーの小林さんの話によると、十和田湖の紅葉は、まだ緑色があるのが特徴とか。十二湖は黄色系が多いのは、楢やくぬぎ、撫の植生なのかもしれない。八景の池、王池、落口の池などをめぐり歩いた。

対岸の山は、水際から朱のまじる裾模様を水鏡にして、水中にも、かの紅葉世界があるかのようである。緑色に白い絵の具を混ぜた色のハウチワカエデは、林の枝ごしに見えるコントラストが見事だ。桂のハート形の葉っぱが、おしげもなく風に舞い水面に散っている。やっぱり秋なのだがやがて寒さもくるのだろう。

五能線のガイドマップに、「インクを溶かした色の青池に出会うでしょう」と説明されている青池へ近づいてきた。曇日の空の色を写す水面は夜の空のように見える。散り急ぐ紅葉は風に誘われて池の片隅に寄っている。少し拍子抜けしたおもいで、一人や二人では歩けない寂しさが漂ってくる。日射しがあると一層鮮やかに見えるそうである。

観光の誘導路は傾斜のきつい階段の山道である。やっと登り終えて息を整えて見た標識は、東北森林管理局松神山国有林で（世界自然遺産白神山地）ブナ原生林の入り口であった。

凋落を目の前にした橅林は、木の肌の白っぽい乳色が樹間を透かして見え、誘い込むような秋の日のやわらかさだ。仰ぎ見ると褐色の葉をつけた梢のむこうは、広い青空がぽっかり見える。華やぎにも似た樵の落葉を見ていると、姥捨ての行方知れずになってしまいそうな想いが、浮かんでは消える。

三

歴史民俗資料館と円覚寺を訪ねたのち、「ふかうら文学館」に立ち寄った。旅館の建物を資料館として利用している。太宰治が海を眺めたという部屋の障子を、そっと開けてみる。彼が投宿した頃は、海は障子いち枚のむこうに、水平線まで続いていて、或る日は青く紺碧に、季節風に猛り狂う北の冷たい海には辟易《へきえき》したかも知れないが、文豪の想いはわたしには計りがたい。

津軽の風土俳人、成田千空の色紙展にも立ち寄った。〈秋果つる波の阿修羅の五能線〉〈鯛の海光点となりとぶ鷗〉など、やさしく誰にでも分かる詩情である。

岐路の海は夕凪で、水平線には雲が厚くたなびき、夕日が海へ入るのは見えなかった。午後四時三十分、あたりは次第に昏れて背筋が冷たい。もう冬そこにの一日は、得がたい旅であった。

2008年「とのぐち」第26号

九条武子

四字熟語の「才色兼備」は、しばらく文字が頭《ず》の中を浮遊していた。ふと或るとき、九条武子という方に行き着いた。

それは、明治三十二年生まれの義母《はは》との炉話のひとつであった。当時の柳原白蓮と並び称された歌人のひとりである九条武子は、まれにみる美貌と才能に恵まれたと話していた。昭和のはじめ青森に住む妹夫婦の案内で、義母は十和田湖へ旅行した。その時宿泊したのは、世界公園館と言われた現在の「十和田ホテル」である。

琅玕《ろうかん》の珠《たま》をとかしていまだ足らずなに秘めたりやこの湖のいろ

随筆集『無憂華《むゆげ》』におさめられた、十和田湖に遊びての一首である。大正二年所収とあり、百年の歳月を経てもなお、瑞々しいこの短歌は忘れがたい。

空も深く水底も深しきはみなきあめつちのこと人はしらなく

辺境の地であった十和田湖は、自然への畏怖の念に満ち、空も湖も水底も人知の及ばない所で、あまりの綺麗な朝の水は、戒めを犯して拭うものには、忽ち体が透き通ってしまわないだろうかと、書いてある。

十和田湖へのあこがれの強かった九条武子は、青森駅を午前八時に発ち、浅虫、小原湖を過ぎ、古間木で汽車を降り、手配されていた自動車で三本木に着いた。この町から湖水の子《ね》の口まで、奥入瀬川に沿って入る道のりは九里だという。三十六キロであろう。

道路は平坦であったけれど、かなりの雨のために轍《わだち》のあとが深く掘られて、車は難渋した。しかし未知の地へ入っていく驚異の世界は、好奇と愉快とで、何物も忘れてしまうと、実に楽しそうな様子がわかる。

昭和四十年代に入ってから、私は初めて十和田湖へ車で行くことになった。道路はどこも砂利道で、車の揺れが激しく砂ぼこりが煙のようだ。まして山道は九十九折《つづらお》りで、車に弱い私は、頭痛や吐き気に悩まされた。皆が楽しんでいる観光船にも乗る事ができない。北秋田に住んでいたのに、その頃の十和田湖はまだまだ神秘の地で、あこがれの秘境である。

その後十年程たって、市営の観光バスで十和田周遊の旅に参加した。現在の道路ほど整備されていなかったが、舗装になってからは、車はどんどん奥へと走り、奥入瀬も遊歩道と車道に分かれてから、観光客は多くなっている。

遊覧船の風通しのよい席に着き、船内ガイドの説明に耳を傾けた。「琅玕の珠」の歌は、この湖水の水底が素材であることを知って、気の躍動するのをおぼえた。

奥入瀬渓流は、大小さまざまな滝が見事な渓流美をなして、滝の水音と岩に沿う瀬音の静けさの中で、清浄な水の流れに見とれた。帰路は鬼神のお松伝説の岩屋戸近くで、大きな朴の葉を拾い、午後の日に透かして見る。

九条武子の湖の周遊は、モーターボートを急がせたとある。青森駅を八時に発ったこの時代の旅は、午後の日が山の端に近かったらしく、夕昏れ近い空の色、よき島の名、奇しき幾丈の岩がそそり立つ岬。姫松小松が大和絵の絵巻物をくり展げたように、水辺に影をうつす。水際の色さえただならず濃い。


きりぎしの濃藍の水をさと散らし飛べる鳥ありあとのしずけさ

遊覧船から眺めている私の風景と重なって、左岸の朱い切り岸と岬の風景に、いまも旅情をかきたてるものがある。

才色兼備の匂う九条武子は、京都西本願寺主、大谷光尊の次女として、明治二十年に生まれ、九条良致《よしむね》に嫁した。歌人としても誉れ高く、﨟《ろう》たけた姿を想像してやまない。明治から百余年を経た短歌は、平成の世にあっても抒情深く流れるようで、みちのくの十和田湖へ足跡を残されたのである。

初冬の或る日、発荷峠の展望台へ立った。雪を知らない香川県育ちの孫娘は、急な飛雪のこの峠に、息をもつかせぬ風と雪の激しさに、自然の力への怖れをじっと見すえている。右手の橅《ぶな》林になだれ落ちる吹雪、岳の傾斜をいっきに湖面へ到るさまは、一歩も人を近づけない厳しい冬の姿がそこにあった。

2011年「とのぐち」第29号

行ってみなくては

「津波とは、つまり、泥だ」

切れのある文体で書き始まった「震災五年特別エッセイ」、三月八日秋田さきがけの文化欄の半分のページを占めた、岩手県釜石市在住、照井《てるい》翠《みどり》さんのエッセイの臨場感のある一語一語にうなずき、息をつめるように読み終える。

震源地より離れたこの秋田の地でも、大きく続く揺れに緊張する。まだ独り暮らしではなかったので、夫と二人すぐにでも外へ出られる身仕舞いで、玄関で待機し揺れのおさまるのを待つ。

平成二十三年三月十一日午後二時四十六分に発生した地震に、防災に備えて、何を用意したのか記憶にない。二人共、身ひとつであったのだ。停電も同時であり、情報を知るのには、トランジスターラジオに乾電池を入れねばと、頭をかすめる。

普段あまり付き合いの少ない隣人が「大丈夫でしたか」と玄関まで来て下さり、いくらかほっとした。午後三時三十分過ぎ、雪が降りだしたが、歩行できるほどの揺れなので急ぎ家を出る。コンビニも停電のため、レジは電卓で大忙しである。ラジオを持って行ったので単三の電池を入れ、作動するか確かめてくれる。店の棚には、その時点では商品は並んでいたが、ローソクを買っている五分か十分の間に、棚はガラアキになる。

その日から三日の間停電が続いた。水道と市営ガスは使えたが、まだ寒かったし、地震のあとの雪は降り止まない。暖房は反射式ストーブを付けてしのぐ。湯をわかし、押し入れから探し当てた湯タンポに熱い湯を入れて、そっと夫の寝床にしのばせた。夜はローソクの明かりで過ごしたが、起きていても仕方なく、早々に布団に入った。

娘たちとの連絡は、次の日の十二日朝、公衆電話を利用した。不自由していると感じて、電池の外に私の分の湯タンポも送ってもらう。普通の災害であると、前述した位で落ち着くのに、地震、津波、原発事故と、未曾有の災害は、岩手県、宮城県、福島県と、南三陸一帯に及んだ。映像で確認できたのは、電気が復旧した、三日後の午後七時を過ぎていた。

大波の固まりのように押し寄せる津波は、平野部に並んでいる、白く輝くようなビニールハウス棟をひと舐めにして、次の映像では街並みを、路地の家ごと、人ごと、車ごと襲った。

平成二十八年三月十一日の新聞には「風化させぬ」鎮魂の祈りの見出しで、約十七万四千人が避難したまま。地震による関連死は合わせて、二万二千人を超えると報道されている。

春の兆しは、光の明るさで目覚める。あの日は温暖な三陸釜石も連日雪が降り、死者の念のこもった「白い泥」と照井さんは記した。地球の循環のなかで、泥の水は空へと昇っていく。やがてその水は雨や雪となり、再び地上に帰ってくる。と……。

私の目にも、テレビや新聞の報道する映像に居たたまれなくなって、窓の外の庭木に目を移す。一度は行ってみなくては。

「行ってみなくては」のおもいは、とのぐち「被災地を訪ねる旅」で実行に移された。平成二十八年六月八日雨模様の高速道路をひた走る。日本列島の背骨のような山を越える。山越えの難所は日光のいろは坂のように、テープを巻きほぐすかに難儀だ。耳鳴りがキーンとくる。この道幅の難所をトラックが、バスが往き来した支援の山越えである。

予定通り陸前高田市、旧、道の駅高田松原の広場に降り立った。だだっ広いだけに、呆然とあたりを見回すと、赤土まみれのかさ上げ作業の現場の向こうに、七万本の松原で一本津波が残した松の木が見えた。この一本を指標に生き継げよ、と語り掛けるかに。

案内された河野さんは、震災遺構となる旧、道の駅の壁面に、想定外な津波の爪痕、一四・五メートルが標示されているのを、まず強調された。「逃げない人もいましたよ」と続く言葉を、耳にはさんだが、老い先短い私なら、成り行きまかせであったかも知れない。

大震災追悼施設では、会員ひとりひとりが白い菊を献花して、計り知れない多くの犠牲への冥福を祈った。

宮沢賢治の詩「雨ニモマケズ」に「東ニ病気ノコドモアレバ／行ッテ看病シテヤリ／西ニツカレタ母アレバ／行ッテソノ稲ノ束ヲ負ヒ」とある。その地に行って、現状を把握し、支援出来ることは行おう。行ってみなくてはの心意気が果たされて、目の前に開けた海、広田湾で生産された海産物（ホヤ、ワカメ）を求めて、帰路についた。感謝。

２０１6年「とのぐち」第34号

随筆４　鳩笛

あねこ虫

這い出すように盆地霧が田面を流れる頃、稲の収納も一段落して、神送りの行事、秋のお堂守りがある。

農家でなかったせいか、収納の喜びや感謝も他人事のようにその頃を見過ごしていた。夜も更けて床につき、聞くともなく耳にする「トコトントコトン」と、木枯らしの音にいりまじって聞こえる太鼓は、初冬の風物詩ぐらいに思っていた。

部落の小高い処にお堂があり、あたご様と皆んなは呼んでいて、火伏せの神様として信心されていた。古い茅ぶき屋根で、後に山を背負い、二間四方もあったろうか。春の芽吹き、秋の紅葉とこの丘より家々の屋根を渡る風に、私は子育ての二十余年を過ごした。何年か経って家の並びで当番になった。

「あたご様さ上ってたもれ」と町内中におつかいする事からはじまって、神前への供物、麓から電燈を参道伝いにコードを延ばしお堂に電燈を灯す人、下から水を汲んで運ぶ人、飲食につかう皿小鉢を整え、板戸を開くと窓と明かり取りとなる。板の間を掃除するのだが、このとき処かまわず飛び出す〈あねこ虫〉には、ほとほと皆んなが参ってしまう程に、思い出にまで臭いがしみ込んで来た。

クサカメは学名で、あまり良い呼び名がない。触れると臭腺から猛烈な悪臭を出すので、ヘッピリ虫とか、クシヤ虫とか言われて、あねこ虫とは風土的な呼び名なのかもしれない。一見して平ぺったい六角形で一寸触れるど悪臭を発するので、そんな人柄になぞらえた呼び名であろうか。

こんな虫と一緒に閉めきっていたお堂は浄められて、女達の心づくしの山菜の煮付けや酢蛸の紅が印象的な料理が並んだ。男達は夜通し太鼓を打ち酒を汲み交わして、ひと夜を明かす。昼は女達も好みの料理を重箱に持ちよって、少しばかりの御神酒に胸のつかえをはらしたり、普段からつもった農作業の疲れをいやして、スウスウと寝息をたてはじめる彼女達のしぶとい生き方とあねこ虫の臭いには、とまどうお堂守りであった。田面に雪の来る日も近い北の町の晩秋である。

1984年「とのぐち」第2号

山鳩

「秋田上空は、マイナス四十度の寒気があり天候不順の場合は、東京空港に引き返す事もあります」と機内アナウンスが不安をかきたてる。羽田を飛びたった機上の景は、北上するにつれて、山脈の襞に雪の厚さが肉眼でもはっきりする程の深さである。三月に入っても吹雪や真冬日が続いて、いつも冬の底を、行ったり来たりしている様でやりきれなかった。

娘の住む千葉から帰秋して明るさのみえはじめた日の光に、籠の日雀《ひがら》や山雀《やまがら》も地鳴きをすぎて、囀りはじめていた。山雀は雪の朝、松の梢で〈チチピン〉と繰り返す。それは春への期待感にあふれて、汽車通学の子供達を送り出した早い雪の朝へとつながった。先日テレビで、雪の東京ではひよどりがいままで食べなかったミカンの皮やあぶらみ、ポップコーンまでついばんでいるとの事だった。豪雪の今年は山の動物や鳥類はどうしているかと案じられる。

新雪の朝は鳩の残り餌やパンのみみなどまいておくと、決まった時間に雀が寄って来て、冬の庭の慰めとなっていた。そんなある日、山鳩が三羽舞いおりて餌をあさり出していたが、雪に汚れた羽毛と空腹のせいか、窓からのぞいても飛びたつ様子もなく次の日も次の日もやって来た。主人は鴨とり権兵衛よろしく、蝉とりの網を持って構えても「シメタ」というわけにもいかなかった。

珍しく雪雲の間から日が射し、洗濯物のおむつの白がくるくると廻る。私は思いきり南向きのガラス戸を開けて置いたのだった。なに気なく台所へ入ったら食器戸棚の上に山鳩が一羽いた。さあ大変、なにやら気持が悪くなって、そこらの物を急いでかたづけたが、鳩は別の棚に移って、開け放っておいた窓からも逃げなかった。そんなわけで暗くなってから主人につかまってしまった。

うちでは、子供達が五、六歳の頃から、山鳩を飼っていた。これは子飼いといって、巣からとったのに、ひと匙ひと匙、ねり餌で育てたものを、小鳥屋から買ったので人になついていたが、野鳥としての親の声を聞かないで籠で育ったので、満足のゆくふくみのある声ではなかった。とにかくよく鳴く鳥で、朝しらみはじめると〈ハトコッコ〉と続けて、十五声も十六声も鳴く。でもうるさいとか、耳ざわりだという事もなく鳴いた。

鳩の声は地方によって〈デデッポッポ〉〈アバッポッポ〉と方言にも似た呼び方をしていた。鳥類研究では、〈ゴロッポーポ〉〈ゼゼッポッポ〉と聞かれるとの事である。風土になじんだ耳には、山で聞くゆったりとまどかな鳩の声は松籟と共に、夕映えの山の深さへ沈んでゆくなつかしさだ。

箱の中で二十五年も過ぎ、老い鳩となったが、外から帰る足音に、さとく鳴き出し、背をなでると〈ゴッコウ〉と挨拶でもするように人になついた。春浅い朝の床を抜けるめざましの役目になったりしたが、二年あまり前から声をたてなくなり、歌を忘れた山鳩は大自然の山へ返すわけにもいかない思いでいる。大豆の播種期には本当にずるがしこい程の困りものの山鳩ではあるが、飼いならされた箱のなかで大事にされても、翼があれば大空は恋しいものであろうと思ったりする。

1984年「とのぐち」第2号

水上沢と春

本籍地の字名は、北秋田郡鷹巣町坊沢水上沢六十五番地であった。街道沿いに並ぶ人家は、細長い村落をなしていた。沢水に沿って、各町内が展けているように、本家筋は水量の多い沢水の通りを占めて屋敷をかまえていた。

水上沢は水脈に恵まれて、水質も保健所の折り紙がつく程で、冬はぬるく、夏は汲みあげるほど冷たくて、お茶の味もよく出た。そんな水の良さが、いつまでも手押しポンプで生活して来た事になるのかもしれなかった。どこかに出掛けても、早く帰って井戸の水を飲みたいなと思った事も何度かあった。寒の水をコップでひと息に飲めたのも、水の味と、若かったからと思う。いまになると、水にも味があったのだと思う。

ホームポンプが出来て、井戸は水道の蛇口よりほとばしり出た。なんと言っても、楽になったのはお風呂だった。トタンの管を継ぎ合わせて、手押しポンプで水を風呂桶に汲んだが、やはり熱いと言っては、人手をわずらわさねばならなかった。「あとに入る人の事を考えて湯コをつかえ」と言われたものである。でも水は自分の屋敷から湧く水であるから、物品代だけで使用料はいらなかった。屋敷神として、小さな祠があるのもうなずけた。

水上沢の奥へ通じるには、国道7号線を渡って、畠をすぎるとすぐ山道になる。湿地でガチャガチャしている沢であったから。〝みずがぢゃ〟とも呼ばれていた。こんな事なので、いつも長靴ばきでなければ行けなかった。暖かくなるにしたがって、蛇が出た。青大将、やまががじ、まむしと、蛇ぎらいな主人なので、いつも私を先に歩かせた。縄きれをみても、天地の終わりかと思うような「ギャッ」という声を、大きな体から出すのだった。

蕗の薹が、日当たりのよい処で伸びはじめると、日陰では、湿気を吸って花をかかげるように猩猩袴《しょうじょうばかま》が咲きだす。日の光を追い求めるように、花茎が伸びるので、春の深まりを知るような花でもあった。また雑木林の苔といっしょに緑の鋸葉《のこぎりは》を添えて一人静《ひとりしずか》が群がって咲くとき、春は里へと下りてよい季節になっていく。底の浅い鉢に一人静の株を植え、晩酌の酒の肴と一緒に食卓に並べ、楽しんだ事もあった。

此の頃の旬は、身欠きニシンでこんにゃくの細切りに山うどを入れた鍋物は、おふくろの味としていまだにいただいている。

蛇よけ替わりの用心棒で、山歩きを始めた私も、高い処や険しい処には行けないので、いつも平らなところを歩き回っていた。ある日、杉林の中でじっと目をこらしていたら、ぼうとした色の鳥が切株にいた。眠そうで間の抜けた感じだったが、よく見ると、梟の雛で巣立って間もないようだった。薄暗い杉林では物の怪にでも出会ったようで、こわくなった。「おーい」と呼んでも応えはない。何度か呼んで、やっと下りて来た人の背のリュックには、ぜんまいがつまっていた。梟の雛は、呼び声で飛んでいってしまったのか、切株だけが見えた。

1985年「とのぐち」第3号

薄日

あかのままと、コスモスの乱れ咲く空地を通り抜けて、一匹の猫に会いにいった。

「猫は神秘的で、高貴でエレガントな動物よ、とにかくさわってみないことには、猫はわからないわよ」こんな調子で女主人は、シャム猫の太郎を紹介してくれた。

家族以外の人が来たなと解った素振りで、女主人の足へまつわりついていくので、私は挨拶がわりに、太郎の頭を丁寧に撫でてやった。そんな心が解ったよといわんばかりに、ざらざらとした舌で、撫でた掌をなめてくれた。抱いてみたいなと思い胴に手を入れようとしたが、体ごと寄り添って来る気配がなく敬遠されてしまった。

エレガントな動物よと言ったのは、毛色が茶系統でまとまった感じで背中から胴まで、焦茶色からだんだん胴、腹と薄茶色になっていくあたり、なんともいい色で、エレガントは間違いない表現であった。

猫の重さは約三瓩《キログラム》程で、膝にだいていると暖かくて軽くて、やわらかいのが特長との事だった。三瓩という重さは、新生児の体重位で、女として膝にだくのに丁度よい安らぎがあると言って、疲れたときは精神安定剤のような役目もあるとの事である。すっかり家族の一員としての座は決まっていた。女主人の机の上が猫の居場所との事で、昼は誰もいない家の留守番役も果たしていた。大きめなガラスのコップに、水色の水中花を入れ、上までいっぱい水を入れて出掛けると、一日飲む水の量はこの辺までよと指さして話す女主人の明るさは、猫にとっても楽しいにちがいなかった。

ひょいと縁側から庭へ跳びおりた猫は、しばらく外を散歩でもしたのやら…部屋にはいなかった。誰か帰って来たのかしらと思うような、戸を〝トントン〟とノックする音に、いささかぞっとしたが、「猫なの」と戸を開いて部屋に入れてやった。

戸棚をあける猫、足音もたてずに来て障子を開ける猫、こんな事が、妖怪変化と恐れられる物語りになったのかもしれない。女主人の言う、神秘的とはこんな習性から言われたのかなと、驚いて猫を見直すのだった。

抜き足のかっこうで草原へ行く猫をみかける。草を食べにいくのだ。「どうして草を食べるか知ってる」と言うので聞いていると、それは体を毛づくろいする時、ざらざらした舌に、毛が附着するので、その毛を吐き出すために草を食べて口の中で丸め、〝ポイ〟と吐き出すので、ああ、猫の歯みがきみたいだなと思ったらおかしくなって笑ってしまった。

人のいる前の猫は〝猫かぶり〟という言葉があるように、薄目をあいて、女主人の膝で今かけたレコードに調子でも合わせているように、その焦茶で優美な尾を振ってすっかり安心しきっていた。飼いならされたように見える猫も、一旦獲物を見つけたときの精悍さは、野性のけものと化すのである。このような二面性をもった猫の気まぐれさと自由を思ってみるのだった。

1986年「とのぐち」第4号

水無月

花冷えの続いた五月が過ぎて、六月に入ると新樹の緑が、一日増しに濃くなって来る。
盆栽の山桑に花が咲いて、青い実をつけた頃、むかし見た養蚕のことが思い出されて、季語集を開いて見た。毛蚕《けご》、桑摘み、蚕疲れ、蔟《まぶし》繭、など忘れかけていた言葉が堰を切ったような、あおくささで蘇って来た。

前の家の畠には、隣との境杭がわりに桑の木が植えられていた。洞になってしまった根元からは、春になると新しい芽が出て枝を伸ばし葉を茂らせてくれた。いまでは誰も蚕を育てることなど忘れたように、蚕棚が梁に吊られ、ありし日の思い出だけになってしまった。

毛蚕と言われる黒い蟻んこみたいな幼虫を、羽根ぼうきで種紙から集めて、やわらかい桑の葉を中華料理にでも使う平たく大きな包丁で細かく刻んでひと握りほど与える。黒い幼虫は充分葉をたべて、二眠三眠と脱皮して成長していった。蚕が桑を食べる音は、大雨が降っているようにも聞こえる。蚕棚は二十枚、三十枚となって、座るところも立つところもないという具合に桑を与えることに追われるのだった。ほの暗い裸電球の色と蚕室の様子を思い出すことがある。梅雨の季節と重なるこの頃、雨にぬれた桑の葉を、一枚一枚水分を拭きとって与えた。蚕に病気が出るのも、こんなちょっとしたことが原因になるので、気が抜けなかったのである。

いよいよ四眠を終えた蚕は、ひとさし指ほどに成長して、体が透き通ってくると上蔟《じょうぞく》するのだ。口から白い糸を吐いて、自分のからだを包み繭のなかにこもってしまう。

女の内職としては、よい収入となった養蚕は、絹糸の原料として、世界一の生産量であることを教科書でおぼえたのも、遠い日のことである。

県北では蚕のことを〝トトコ〟と言った。夫の祖母は寺族の人だったので、寺領の下に二百坪ほどの土地を求めた。人の出入りの多い寺では、気をつかう事が多く、老後の隠居所を建て、静かな余生を過ごすのが夢であったのだろう。いまそんな年代になってよくわかる。

無尽講をたてる掛け金は、繭を売ったお金であったかもしれない。五人も六人も女の子が生まれた。そのいちばん末に男の子が生まれたが、産後の肥立ちが悪く、夫の母である長女の花嫁姿を見ることもなく逝ったのだ。女ばかりであったなら、当然長女に婿を迎え寺を相続していたかもしれない、と語っていた姑のせんない望みを思いだす。秋田市に移り住むことになって、その屋敷は上の家（寺）と下の家で半分にわけて、夫の名義になった。いま私達は静かな余生を願った方の御恩にあずかっているのかもしれない。

「水無月とは、農事みなつくしたの意」と記された暦を見た。いっときの休息の六月新緑の雨が美しく見える。

1987年「とのぐち」第5号

朝の音

明け方近くに目が覚めてしまった。起き出すのにも早いもので、海老寝のなりでじっと耳を澄ましていた。薄ら明かりのなかで見えてくる山の稜線は、なだらかに海の方へと続いている。こんな寝嵩《ねがさ》で死がくるのだろうかとふと思った。

願はくは花の下にて春死なむその如月《きさらぎ》の望月《もちづき》のころ

と西行の詠んだ歌があるからかも知れなかった。いつ来るであろう死へのほのかな願望なのかとも、思ってしまう。

障子とガラス戸を細めに開けると、宿根草の鬼芥子の株がのこぎり葉を茂らせて、蕾をふくらませている。栽培しても良い品種のこの芥子は、砂地に適しているのか、芥子粒というたとえのような種子を、四方に散らして株を殖やし薄紙のような朱い色の花を、しわしわと音がするように開く。香りはないが風に揺れているさまが、この花の命であろうか。花びらが散るとあられもない芥子坊主の姿になってしまう。

伏したなりでも、雪柳やこでまりの生け垣に囲まれているので、その眼差《まなざ》しは自然にむこうの山の若葉まで目に入ってくる。

農業用水沼の杉林はまだ明けきっていない。雉が鳴く。杉林の裏側の続きは、休耕田になってから捨てられたように蘆原《あし》になってしまった。雛どりを連れた雉は、人の気配で急いで枯れ蘆の茂みに逃げこんだ。あのあたりからの雉の声である。

遠くで山鳩の声が、五つ六つと聞こえる。家の鳩のボーボーがデデッポーポオと競って鳴きだした。ひと声ふた声み声と無意識に数えてしまう。こんな事も山鳩を飼っていた長い歳月があったからである。寝すごした日などには「起きよ起きよ」と聞こえてしまう。

ひよ鳥が鳴く。庭の雀も囀っているが、縄張り宣言のようだ。新聞配達のバイクの音が朝の幕を引くように近くなっては、また遠く走り去っていく。牛乳屋の大山さんが来るころには、朝もすっかり明けてしまう。

隣家で誰かが起き出したようである。

1996年「とのぐち」第14号

鳥獣戯画

太い声でゆったりと鳴く声が好きで、長い間山鳩を飼い続けている。繁殖のための伝書鳩とちがって、ひねもす一羽きりで箱の中の止まり木で過ごしている。山鳩の餌はトウモロコシを砕いたのが主で、麻の実や黍《きび》、えごまなどの入ったひと袋を、約五十日ほどで食べつくす。その他はきれいな水だけで、あまり手のかからないのがなによりである。

その山鳩の残り餌を雀の寄るところにまいて、雪の日の退屈さを慰めてくれる一日である。元朝から温暖な日が何日か続いたので、まき餌に寄る雀も少なかったが、寒の入りになってからは、低気圧の通る予報と、寒雷が激しかった。雪の降り始めを見ているのも楽しいが、またたく間に白の雪世界になると、雀は餌を探して玄関のあたりまで寄って来て、小さな足跡を薄い雪に残している。それから三日三晩の地吹雪が続いて、北西の風が屋根雪さえも飛ばしてしまう。昭和四十八年一月十五日の朝は、勝手口を開けたところ、吹きだまりの雪は一夜にして、半身を埋める程降った記憶がある。

寒い時季は寒くないと、これからの気候に狂いがくるので、寒い方がよい。

雪の日は門まで雪掻きをして、それから山鳩の残り餌をまいてやる。毎度まいてもこの雀という鳥は恩知らずで、絶対人になつこうとしない。それが野性というものだろう。いっきに羽音をたてて飛び立ってしまう習性には、こにくらしくもなってくる。どの顔もどのほほも、同じような斑《ふ》を持つ小鳥だ。

まず一羽がどこからか人の様子を探っている。五羽位が家族のように舞い降りて、まき餌をあさる。仲よくついばんでいるように見えても、そこは野鳥である。もう一群が加わると中の一羽は円卓のように見える輪に入らず、少し離れたところで、落ちこぼれた餌をついばんでいる。まっ白な雪の上に細くて紅い足がけなげだ。

風のない日は、そばの錦木の茂みに入って、羽毛をふくらませてじっと動かない。迷彩服のようで天敵には身を守るすべが備わっているのだ。

夕暮れ前の群れも大変なにぎやかさの中に、時に鳴き音をたてる一羽がいた。秋仔《こ》なのか餌をねだる羽ばたきをしている。あまえん坊の様で、この雀に聞いてみたいものだ。一寸小柄なのが雌鳥らしい。一羽離れて餌を探すのが見張りの雄鳥らしく見える。なにか鳥獣戯画めいた雀の世界で、あなおかしという感じがしてくる。

飼育箱の中で朝な夕なの山鳩の鳴き音は、人にも呼び掛けている様に聞こえて親しみがある。半分の餌は雀へのまき餌となるのも、雪の日の仲間意識のようで。〈はとごっこ〉と鳴くこともある。雪月花、花鳥風月、自然から学ぶことも多い。

2004年「とのぐち」第22号

鳩のいる風景

高齢家族といわれるようになって、思い入れの深いことのひとつに、山鳩を飼っていた歳月がある。二代目のこの鳩も、二十五年ほどは、とうに過ぎてしまった。

あの大空を自在に飛ぶ翼があるのに、箱の中の止まり木を、のぼったり降りたり、ときには羽搏《はばた》きを上手にしている時もある。

少しばかりの粒餌と、新しい水さえあれば、元気な飼い鳩として命を保っていける。もちろん飼い主の手入れの掃除は、病気を防ぐ大切なことである。林の中にいるような明るさ、夜のくらさなどは、飼育箱の置き場所など、手を抜くことは許されない。

鳩の名前は「ぼうぼう」だ。朝起きてまず、風除室へ続くサッシ戸をあけ、「ぼうぼう」と声を掛ける。返事でもするかのように、鳴く時もあるが、長い間の箱の中だけでの飼育なので、秋の彼岸すぎから日の短くなってくるのを境に、声をたてなくなる。そして冬至、立春と大地の胎動がはじまる二月になる。

光の春の二月は、夜明けがすこしずつ早くなり、太陽の光で脳下垂体の働きが活発になり、鳴き声が生まれてくるのだ。人の目には、二月はまだ冬のさ中なのに、野生の目覚めの感覚は光を感じるのだ。

鳩の鳴き声を北秋田の人は、「ででっぽうぽ、あばあぽうぽ」と聞く。ででは、父よ、あばは、母よ、とか。あの行基の「ほろほろと鳴く山鳥の声きけば父かとぞ思う母かとぞ思う」の歌の調べをおもい出す。

青葉若葉の茂りのなかから聞こえる声は、相手を誘う巣ごもりの声か、ひと声、ふた声、み声と元気な個体ほど多く鳴く。家で飼った一代目は、十二声すこし早く、二代目は八《や》つ鳴いた。ゆっくりと山の空気を震わせて鳴く、ふくみのある声のトーンが好きな家人の影響で、家族は二人と一羽という訳だ。

昭和四十五年の初夏、さなぶりの季節に句会に誘われた。阿仁合の公民館で開く県北の会だ。まだまだ、五七五と字を並べるだけの俳句しか知らなかった私が、記念写真の端っこに和服姿で座っていた。

講師は、秋田さきがけの編集長である、安藤五百枝先生だった。秋田市から遠路、奥羽本線鷹巣駅で乗りかえ、阿仁合線、現在の内陸線の阿仁合で下車する。いまでは珍しい転車台のある終点の駅だ。鉱山で展けたこの町は、思い掛けない程の文化と、鉱山技師の住んだ異人館など、鉱山町の賑わいがあった。

句座は男性が二十人ほどで、その日の講師選で頂いた色紙がある。五百枝先生は、安藤和風の「やごろ」の跡を継いで「ほむら」誌の主宰をされた。父和風の部屋で、揮毫の手助けをされたので、五百枝先生の文字は、味があった。

句座の机に広げられた硯と筆で、ひと息で一句を書かれた。

あゆむ鳩玉虫色に五月くる　　五百枝

落款の朱も鮮やかな色紙を、帰宅して家人に見せたところ、「佳い字だ、一字一字が模様化している」と言う。北国の五月を満喫するかのように、くる年もくる年も五月が近くなると、この色紙を掛けて、心の支えとした。ちなみに選に入った私の一句は〈万灯火《まとおび》一村の墓肩よせて〉である。五百枝先生はこの田舎に住む初心者を、育てようと思われたのだろうか。

秋田市広小路の中土橋と、千秋公園二の丸の広場には、どこから飛んでくるのか、土鳩の群れがいて、ひとつの風景になっている。赤みのある足でとことこ歩く土鳩は、背中の羽根の色が、光の加減で玉虫色にも見える。あゆむ鳩の句はいつ見ても輝いていて、どこに住んでも広小路のお濠の風景は、望郷のおもいにかられる処である。

先月十一月のとのぐち会の日、左側の歩道を行くと土手の大欅はもう落葉して、裸木の梢《うれ》は雪催いの空に浮かんで見えた。「久保田城趾」の石柱の高田市長を思いうかべていると、右側に乗用車が、ひたと止まった。と、見ている間にあの土鳩の群れが飛び降りて、車のボンネットに群がった。

そうこうすると一人の老人が袋を片手に車から降りた。鳩はこの人に群がったが、声をたてるでもなく、呼び掛けるでもない。街路樹の柳の根元に、ひと握りの餌をおいた。二歩三歩ごとに餌をおいている。歩道は土鳩だらけになったが、私はその群れの中を「どいてどいて」といって、明徳館へ急いだ。

鳥インフルエンザの感染で、白鳥の餌付けも禁止されたというのに、貪欲な土鳩の食欲は、いつおさまるのであろうか。この老人の行動は、楽しみであるのか、癒やしなのだろうか。誰にはばかることのない、ちいさな秘密の喜びなのかも知れない。ひとり暮らしにはない、大勢で食卓を囲んだ日々。それとも足許に群がる土鳩の勢いに負けずに、与えるという満足感なのか、行きずりの老人の心中は計りがたい。

野鳥である鳩には、呼吸器の肺や気管にとり付く、ウイルスがある。最期の日に肺炎などと言われぬように、鳩箱を掃除したりする時は、手袋マスクを着用し、終わってからも手洗い、うがいは欠かさない。この土鳩に餌をやる老人はそんな病があるのを、知っているのだろうか。毒を食わば皿まで、という言葉もあり、ぞっとする。

飼い続けているこの山鳩は、鳩箱から飛び去ることはないが、鳴く声の聞ける春の日を待とう。「ぼうぼうぼう」と。

2010年「とのぐち」第28号

「ドナ　ドナ　ドナ」

昭和四十年はじめのころまでは、どこの農家でも放し飼いで鶏を飼っていた。小屋の隅や馬屋のそばなどが鶏のねぐらであった。村には雑貨屋が一軒、酒や塩を扱う店がある程度で、自給自足の生活はどこの家も同じで、鶏の卵など売っている所はなかった。

野菜は春の雪消えを待って、馬鈴薯を植えつける。大根、人参はもちろんのこと、春野菜のエンドウ豆、夏野菜のトマトやキュウリなども、収穫期が来るまで食卓にのぼることはなかった。そんなことなので、子どもが生まれてから、裏の庭に一坪の鶏小屋を建ててもらった。屋根は杉皮ぶきで、止まり木と糞受けの板を渡しただけの簡単な建物であったが、十羽ほどのヒヨコを買ってきて育てた。台所の野菜くず、食べ残しの飯粒など、飼料を混ぜて与えると競って食べる。飲み水は隣家との境を流れる小川で事足りたし、親鳥のあとを付いていくヒヨコたちは、土を掘り返してはミミズを見つけ、思う存分砂浴びをしたりして、あくまでも自然体で、丈夫に育っていった。

秋がくるころ、そのうち三羽は、紅い大きなとさかをつけた雄鶏に育った。ボス選びのすさまじい喧嘩が始まった。とうとう一羽だけ残すことになり、夫が鶏を絞める役になった。首をねじる。羽をむしる。毛焼きをして逆さに吊って喉ぶえを切る。今まで見たこともないことが繰り広げられ、私の田舎暮らしは、次第になじんでいった。一日一個、かならず生んでくれる卵。藁の中からその温かい卵をまさぐったときの、弾んだ気持ちは忘れられない。

寒卵巣藁の記憶あたたかし　平成二十三年二月

おかげで、毎朝子どもたちには、新鮮な卵かけご飯を食べさせることができた。夫がつぶした鶏は、きりたんぽやだまっこ鍋になり、天然のしめじを入れた味は、どこにもないわが家の味となった。

そんな歳月を重ねたある年、大館の種鶏場から品種のよいヒヨコを買った。羽の色はレッド。品種改良されたもので姿もよかった。その中の一羽に、人にまつわりつくのがいて「コッコちゃん」と呼んでかわいがった。しかし、地鶏より抵抗力が弱いのか病気になってしまった。

コッコちゃんばかりではない。そのころ、集落の東の端の方から隣の家、その隣と空気伝染でもするかのように、鶏はバタバタと倒れていった。

ニューカッスル病という病名で、嘴《くちばし》からよだれを垂らし、二本の足の中心部分から腫れ、鶏はすべて三日ほどで倒れた。家でもブリキ缶を用意して、二羽三羽とまとめ、寺のごみ捨て場に埋めた。ほんとうに身を切られるような惨状である。そんなことがあったので、鶏を飼うのをやめてしまった。

昨年、宮崎県で口蹄疫問題が発生してから、牛や豚が二十万頭も処分された。惨事を伝える新聞から、あの時の鶏のことが思い出されて、目をそらしてしまうのである。

牛も馬も人の情けはよく分かる家畜である。テレビの映像で「やわらかくてジューシィよ」と肉を食す姿。人間の身勝手さ。いのちを保つために、生きている命を頂くことを、あらためて思いたい。

秋田市の商店街の一角に「鰻塚」のある食品店がある。四国の寺の筆塚の並びに「卵塚」があった。感謝していただいたしるしの供養塔である。禅寺の入り口にある「葷酒山門に入るを許さず」の石柱には、食べ物によって精神の状態が左右されることを厳しく諫めている。修行をする身にとって、ありあまる飲食は断固として、禁じているのである。まさに粗食こそ、最高なのかもしれない。自然に添った食習慣をこころがけたい。

口蹄疫のニュースが報道されてから、無意識のうちに、胸の奥から「ドナ　ドナ　ドナ」のメロディーが流れてくる。市場へ売られていく仔牛の歌で、哀調のあるメロディーが、私の気持ちをとらえたのかもしれない。仔牛との別れのつらい少女が浮かんでは消えてゆく。

2011年「とのぐち」第29号

啐啄同時《そったくどうじ》

「国破れて山河あり」。昭和二十年代からの暮らしは、どこかゆったりとした山や河の風景に慰められて始まっていった。

子どもが成長するにつれて、新鮮な卵ほしさもあって、鶏を飼うことになった。おん鶏一羽に、めん鶏三羽の中雛が、箱に入れられて届いた。

農家では、落ち零《こぼ》れた籾や未登熟米のしだを与えて鶏をたてて（飼って）いた。といっても、ほとんどが放し飼いで、夕方になるとてんでに鶏小屋に入り止まり木に身を寄せ合っていた。卵を産む巣箱を定めてはいたが、床下の思いがけないところで、ごっそり卵が見つかった時は、もしかしたらこれは隣家の鶏が産み落としたかもしれない、得をしたような気分の時もあった。

おん鶏は、一族の長ともなると、羽根の色や艶が他とは違う。尾羽根はぴんと居丈高く、鶏冠《とさか》の朱い輝きは整い、五羽も六羽もめん鶏を従えて、遠征の形だ。縄張り宣言の鶏鳴の「コケコッコウ」はなんとも和やかさに満ちていた。

めん鶏は一日一個の卵を産む。その時のけたたましい、「コケッ、コッココ」はにぎやかで、そこらじゅうに我ありの感があった。

巣箱の藁の上に赤い卵が産み落とされる。また産んでくれるようにと瀬戸物でできた疑卵を巣箱にしのばせておく。人間さまが鶏の習性を利用するのだ。ひよこさえ怖くて触れられなかった私も、次第に郷に入りては郷に従う、の言葉通りになっていった。

稲田が黄金色に波打って、収穫の季節を迎えると新米が出回る。山歩きで採った本シメジを入れて、新米で作るきりたんぽ鍋は、やはりなんと言っても地鶏で決まる。いつの間にか私も、夫の「とりっこつぶし」の助っ人になってしまった。義母《はは》は、「とりっこは食糧として飼育している」とわりきっている。どこの田舎でも、来客のもてなしには、とりっこをつぶして献立を整えたものだ。

末の娘が幼児体験でいちばん恐ろしかったのは、鶏小屋に入れられたことだったとか。止まり木に並んだ鶏たちにじっと見おろされたあの眼は忘れられないという。今になれば思いも掛けないが、こんなおしおきをしたかと、いとおしさがつのる。

めん鶏は二十一日間卵を抱いてあたため、ひよこを孵《かえ》らすという。義母はゆで卵の黄身を細かくし、紙に広げ孵ったひよこに与えていた。まるで人さまの初乳のようであった。

いざ、一羽のひよこが生まれる時のことは、忘れられない。抱卵している卵の中でかすかに、「ぴよぴよ」と声がすると、母鶏がトットと嘴でつつく。卵の表面に割れ目が走る。いよいよ孵ろうとするとき、雛は内側から啐《す》うのだ。それと同時に母鶏が外から啄《つつ》く。早すぎても、遅すぎても、雛は孵らない。これこそまさに「啐啄同時《そったくどうじ》」。禅語から生まれた言葉通りであった。

平成二十九年丁酉《ひのとどり》の宝暦を開く。

一月九日は夫が逝って三回忌を迎える日である。菩提寺の比内の地を思い一句を記す。

逝く方は雪の比内か鶏こここ

（平成二十七年五月「合歓」七月号加筆・平成二十九年）

鳩笛

「日本の歌・ふるさとの歌」のテレビ番組で、なつかしい歌を聴いた。「歌を忘れたカナリア」である。そのメロディーは、子供たちが幼かったころ、一緒に歌った忘れられない曲である。末の娘が五歳の時、といえば昭和三十七年であったろうか。夫は友人から一羽のカナリアを譲られてきた。玉を転がすような鳴き方のローラカナリアで、柱時計が、チンカンと鳴ると、カナリアも囀る。三人の子育て真只中の私には、子供の声もカナリアの鳴き声も一緒のようだった。それがきっかけとなり、その後小鳥を飼い続けることになった。

ある日、夫は一羽の山鳩を連れてきた。そしていつでもだれでもが出入りする玄関の棚に、ま新しい杉の木で出来た金網の張られた大きな鳩の箱が置かれたのだ。それは前もって計画していたものなのかどうか、私にはよく分からなかった。陶製の球型の水入れと餌の容器は、右手の奥まった戸口の近くに置かれ、三日に一度ぐらい水と粒餌を入れ替えた。

鳩は、思いだしたように間を置いて鳴く。「デデッポウポ、アバッポッポ」。地元訛りで「父よ母よ」と鳴くのである。

そのころは、農家の納屋の入り口や馬小屋の近くに、山鳩を飼っている家をよく見かけた。大寒のさなかは、三日三晩も風雪が続く。餌を探す山鳩は、農機具置き場の明かり取りに吊られた種黍《たねきび》を見つける。迷い込んだが最後、籠の鳥となってしまうのである。

山から里に飛んでくるので、山鳩と呼んでいるが、正式な名前は「雉鳩《きじばと》」である。公園や市街地に群れているのは土鳩《どばと》。帰巣本能と飛翔能力を利用したレース鳩は、現代に添った楽しみから生まれたものだろう。

雉鳩は時々、人を相棒と思うのだろうか。こちらに向かって、頭を上下に振りながら「ボウボウ」と鳴きながらお辞儀のような仕草を繰り返すことがある。こんなことで我が家では飼っている鳩を「ボウボウ」と呼んでいた。

昭和五十三年の初夏、北秋田郡鷹巣町から、秋田市へ引っ越して来た。運転は旧居のすぐ近くの戸嶋文雄君にお願いした。義母《はは》は寝たり起きたりの高齢であり、後部座席で私と並んで座った。膝の上に鳩の「ボウボウ」を入れた小さな箱を抱え、右の肩には義母の肩があった。

左に米代川を見て、山本郡二ツ井町のきみまち坂の峠を過ぎる。もう北秋田ともお別れだ。出発して一時間半ほどで雄物川大橋を渡る。そうして海鳴りのする秋田市新屋の地に着いた。

新築の家は、農地を造成した団地のはずれにあった。そこでも、玄関の一隅に鳩の箱を据えた。青田の緑のさやぎと借景の杉の木、蜩《ひぐらし》がしきりに鳴いている。山雀《やまがら》の籠を一日中軒先に吊っておいても、犬も猫も通らず、夫には理想郷に近く、静かな老境はこんな風に訪れるはずであった。

昭和五十五年三月、末娘は二十三歳で嫁ぎ、義母はその年の十月逝った。そして十一月、長男が二十八歳の若さで逝った。

鳩一羽と、もとの二人になってしまい、日常をなんとか暮らしたのである。あんなに鳴き続けた鳩も、時々途絶える日があって、歌を忘れたカナリアのようであり、紛らす術もなかった。

昭和六十二年十二月、鳩は止まり木にも止まれず、敷いた砂の上に降りている。夫は金網の張ってある前の戸を開けて、両の手でそっと抱いた。抱いている間にこと切れたのである。空を自由に飛んでいたはずなのに、箱の中で長い間、羽ばたくはずの羽をじっと折り畳んでいたのかもしれない。

三代目に当たる今の山鳩は、雪晴れの日に餌を探して玄関に入り込んで夫につかまった。その後、箱を風除室に移し飼っていたが、毎朝目覚めと共に「ハトッコッコ」とよく鳴いた。やがて平成二十七年、夫も寿命を果たした。

春が訪れると、鳩の声が空耳のように聞こえる。光の春は、なんとしずかでなつかしいのだろう。

鳩笛で紛らせようか萌黄山

今年も里山は萌黄の山になってゆく。私は独り暮らしになって、中陰の供養も終えた。

我が家の鳩笛は、青森県弘前市の下川原焼、五代目の窯元、高谷晴治の作品である。手の平にのる白い鳩笛は十センチほどで、もう一個はそれより少し小ぶりである。羽の折りたたみを表す薄もも色。頭は、鮮やかな緑が丸帽子のように塗られ、首筋はふっくらと伸びている。眼はあどけなく、嘴は黄色に彩色されている。唇をあてがう部分はちょうど尾羽の先であり、腹の部分に丸い小さな穴があり内部は空洞になっている。ふっーと息を吹き入れると「ぼうぼう」と鳴る。遠い日の静かな時間が忍び寄ってくる。

野鳥好きな夫が、仔飼いの鶯に凝っていたころ、弘前市によく出かけていた。

南部気質漂うこの地は、古城と桜、岩木山とねぷた祭り、お山参詣など、独自の文化が漂う地である。下川原焼は、この地の伝統芸能を形にしたものが多く、鳩笛もその一つであった。たまたま民芸店で見つけたこの鳩笛を、夫は「これはこれは」と思って求めたのだろう。

小学生だった息子は、鳩笛をよく吹いた。尾羽根の口の部分が、唾で溶けたようになった笛を見つけた。無心に吹いたのだろう。中学と高校の部活動は吹奏楽部であった。遺された一枚のジャンパーの背文字に、「カラヤン」と大きな文字が書いてある。当時あこがれていた指揮者の名を書いて、自己アピールに浸ったのであろうか。その頃から、次第に音楽的な感性に目覚めていった。

彼は、日本楽器に入社を決めて、北秋田の地から関東へ旅立った。仕事は、楽器を造る工場であった。そこには、有名な演奏者も訪れるらしく彼の喜びにつながっていった。給料が出れば上野の演奏会に出かけ、有名なクラシック奏者の奏でる音楽を聴き、幾枚も気に入りのレコードを求めた。その後、全国指折りの演奏会に、自らはホルン奏者として加わったのである。ホルン独特の柔らかい音色、しっとりと心に潤いを与えるホルンに、自分の夢を託したのであろうか。

今は、空耳となってしまった山鳩の声は、私の耳に茫洋とした野太いものを届け、朝の目覚めを誘うのである。

雪嶺に谺も青し子を発たす　昭和四十五年三月

初蛙子と再会の母情帆に　昭和四十五年五月

（平成二十九年一月三十日）

随筆 5　秋田の自然と街並み

地震

その時私は、外出のため鏡にむかっていた。化粧水で肌を拭き乳液をつけた。ファンデーションを肌に、口紅を引く。このとき〝ぐらぐら〟と来たのだ。広縁の本箱の上から、アイヌの木彫りが落ちてきた。〝かなり強いな〟と思いすぐ縁側から外へ出た。誰もいなかった。隣、近所をと思ったが、自分が下着姿で、素足であった事を、はじめて気付いたように、家の中へとって返した。

電話が鳴った。「かあさんどうしてる」と言う高松から明子の声、その声のなかにまじって聞こえる正午のニュース、『五月二十六日日本海中部に大地震があり、津波が起きている事や、本金デパートで死傷者が出た事』を、はるか四国のテレビニュースを電話で聞いた。「コケシが本箱の上から落ちた位よ」とあっさり電話を切った。主人が勤務先から「津波があるから注意しろ」と言う。大森山を越えてくる程の津波でもないだろうし、雄物川をさかのぼった津波が、もし堤防を破れば、東からくると、一人思い込んでいた。訪問先へ「今日は中止する」旨電話を入れたりしていた。この間約十分たらずの時間であったろう。

停電していたので、急いでトランジスターに電池を入れ、ボリュームをいっぱいあげて、すぐ持ち出せるように、階段の処に置いた。ショルダーバッグに、通帳ハンコ、財布、仏壇の写真、メモ帳などを入れ、ビスケットの様なものまで入れた記憶がある。地震もこわかったが、すぐにでも津波が来そうな気がして心配だった。海岸近くに住んでいるせいかもしれない。これまで時間は、二十分程たっていたが、遠い処で安否を気づかってくださる電話が鳴り通しだった。時計は十二時二十五分位で、それ以後混乱状態となり大変な事になった。

近所の若いお母さん達は、スーパーに食糧品を仕入れにいくと言う。いまのうちに御飯を炊いておこうかしらと言う。余震のたびに電線が大波のようにゆれた。田んぼに亀裂でも入ったらもう大変だと、二人、三人と集まっては、不安をまぎらしていた。ラジオは地震の情報を刻々と伝えて、男鹿や能代港では、とてつもない大惨事があった事を、うつろに聞いていた。もし雄物川の橋が切れたらとか、不安が胸いっぱいにひろがっていく。雲ひとつない青空は、あっけらかんとして、無風状態であった。自衛隊機が、低空で三機四機と頭上をすぎる。不安がまた不安をかきたてるように余震があった。

電気、電話と文化生活の源は、電という字ではじまる。これが災害などで使用出来ないと、すべてストップである。戦中派は、原始にもどったような生活も心得ていると言えば過言であるが、米と味噌があればよいと言われた時代を通り過ごして来た。限りある資源を大切にというポスターを見かけるが、飢《うえ》を知らない現代でもある。

昭和五十八年五月二十六日〝日本海中部地震〟と名づけられいまだに忘れられない多くの惨事を思い出すのである。

（昭和五十九年三月十日）

１９８６年「とのぐち」第４号

冬日和

太平山の奥岳は、雪の白さにひと際そびえ端然とした姿に見えた。朝から雲ひとつない冬日和に、急いで冬囲いをしてしまった庭木や鉢物、花八ツ手、南天の見頃でもあり、囲いを解いてやりたいほどの日和である。まだまだ雪など降ってこないよと心のなかでは思っている。でも雪は静かな夜に、思いがけなくひっそりやって来るものである。

日本海の浸食を防いできた砂防林を切り開いて、十月に新屋豊岩線が雄物大橋の開通と共に通れるようになった。四車線のゆったりした道路幅に、四メーターの歩道が続いている。旧町内の裏側、海よりの道路となった。冬の日和に誘われるように自転車で出掛けた。羽越線をひとまたぎして、まず七号線に出る。大森山動物園の裏口への横断歩道を渡ると間もなく新しい道路となる。上りの傾斜もほどよく快適にペダルをふんだ。車でいっきに通りすぎるよりは、黒松の枝がくれに見える屋根、特に、もはや煙を吐くこともない胴太な十條パルプの煙突がなんともわびしく見える。

生活のために移転して行ったパルプの人達、「必ず帰ってくるわよ、どこさも行くとこないんだもの」定住のつもりで求めた家を借家にして、仙台や石巻へとお別れした。潮風に耐えて駆け足でもしているような風馴れの松の幹、難航した移転保証で出来たと思われる豪壮な邸宅、喜びも悲しみも世の中である。はまなすロードと言われる植え込みを右に、雄物大橋手前で左へ折れた。砂丘へと続く果てに海が光って見える。

グミの低い木の丘陵では、モトクロスを楽しむ一団が、黒煙を大げさにあげ、タイヤを燃やして暖をとっている。葉を落としたはまなすの朱い実が、荒涼とした風景には印象的である。

真水と海水が合流する河口は、足を運んでみると、そのおだやかな交じりあいにロマンがあった。冬の凪には珍しい暖かさに投網で魚をとって居る。砂浜の窪地に大きなボラがひしめいていた。沖を見て膝まで海に入り、一の波二の波、三の波のなかほどに網を入れる。引き潮にのって網を絞る。こんな景色の中にいるのが投網の醍醐味であるのかもしれない。

水平線のはるか右手に男鹿山があって、冬の翳った雲の暗さが広がってくる。もう肌寒くなって来た。左手の沖は日の落ちる処らしく、幾筋もの日矢が海へ射し込んで深い碧さがあった。

波が洗った渚で拾う貝殻は、いつの間にか掌にあふれて、足跡が頼りげなく続いている。もう帰ろうか。目をあげると大森山のテレビ塔が指標のように見えた。

日本海を渡って来る冬の風をオロシャ風と言う人がいた。雪を連れて、シベリヤ大陸から吹きつけるオロシャ風。定住して日の浅いわたしは、まだよそものかもしれない。

1987年「とのぐち」第5号

秋風の中で

その一　野の花

子供の好きなものが雑然と並んでいた駄菓子屋。おはじきやビー玉、パッチ、大当たりのくじ引き、蛤の中に入った黒砂糖、そんな食べ物などを横目でみて通りすぎた。不衛生だと言われて、お金を持っていっておやつを買ったことがなく過ぎてしまった。

食べ盛りの子供が四人も居たので、母は戸棚の上の化粧缶におせんべいやカルケットなどを買い込んで置いた。誰も居ないのを見計らって、踏み台に乗ってそおうと缶をおろした。ぴっちりとしまっている缶のふたを、灰ならしの先でこじあけ、つまみ喰いをしたことが解らない程度にお菓子をくすねた。

大人になったらお菓子屋さんになろう。と考えたこともあったので、「わたし明治のお菓子屋さんなの」とお隣へ越して来た方に言われて、夢が叶った人なんだわと思った。ある日「これ十二単衣という花ですと、植えてみませんか」と一株の草花をいただいた。鉢植えのままひと冬を越したので、春早く沈丁花の根元におろした。花の名ほどの美しさもない野の花で、平安の十二単衣のお姫様を想像させる名前を持っているわりには、葉の節から発根して一面に広がる繁殖力であった。

夏の帰省子も去って、青芒が穂をのぞかせはじめた。涼しさがもどって来た農道の溝に、金平糖のようなみぞそばの花が咲き乱れて、休耕田には芒と萱が一面におおわれていた。足許の草むらに花でもないが、一茎の穂草にひきつけられた。あまり見たことのない草だったので、あれが吾亦紅かしらと、ひそかに思った。

湧いたように、赤とんぼが稲田の上を群れていた。蜻蛉に誘われるように、青い秋晴れの空を見ていた。あの時の吾亦紅赤くなったかしら、と思うよりはやくサンダルばきのまま歩いていた。西風が当たるところの草は折れていたり、枯れ色だったりしていたが、一歩草むらに入った処には、ほのかに紅い花をひと茎見つけた。胸がおどるような気持でその茎を折った。「わたし紅いのよ」と精いっぱい言っているようで、そのほのかな紅さを、しげしげと見た。文字から受けた想いのままに、うれしかった。

草虱《くさじらみ》がいっぱいズボンに着いた。逆さ景色を見るようなかっこうで、くさび型の草虱を抜いたが、抜いても抜いても取りきれなくて、自分のもの好き加減がおかしかった。貨車の音が夕日のなかを東へと進んでいった。

その二　鳥威し

稲の花が咲いたのは、八月のはじめだった。茎丈は割合いに短かったのに、いっときの気温の上昇で穂らしきものが、その茎の間からのび出した。乳色のあわあわとした稲の花が開いた。

一面に展がるたんぼは、甘い香を風にのせて来る。米になるであろうその花を、そっと指で押すと乳色の汁が出てくる。

この汁を雀が吸いに稲田へ下りるのだ。鳥威しはその威力をいよいよ発揮する時が来たのである。

翔ぶために案山子は夜も手を拡げ　三路

こんな案山子を想うのは、詩の世界のことで、赤いカッポウ着をひらひらさせて立っている案山子には、雀はちっとも驚かないようである。おまじないかなと思うのは、大きな長茄子を棒の先にさして稲田へ立てる。黄色くいろづいてくる稲穂の波に、くろく異様で鴉のようでもある。人間と雀の知恵くらべである。

なんといっても現代的なのが目玉案山子であろう。人を喰ったような目ん玉をむいて、風におどっている。小高い丘に建っている高校のチャイム、放課後の応援団やブラスバンドの練習が、間近かに聞こえると東風である。目玉案山子は回転中とばかり、黄色い顔に黒い目玉をむいて風に乗るのである。

むかしながらの鳴子は、空缶を三つ四つと、くくりつけて吊り糸で引くとひなびた音が出て、聞こえる付近の家にも耳障りではない。住宅が郊外へ伸びると電線がよい止まり木となって、雀が集まるそうである。〝ドカン〟というおどし筒は騒音公害となって行政のとりしまりの対象になった。住宅のそばでは出来ない鳥威しである。雀もいなごもいるたんぼで、追ったり追われたりしていることが、生きていることなのかもしれない。

1987年「とのぐち」第5号

流離《さすらい》びと

昭和二十九年九月二十六日（一九五四年）台風十五号は、津軽海峡を四二・七粁《キロメートル》の速度で北上していた。青函連絡船洞爺丸は、函館を午後六時三十分に出港したが、高波に座礁転覆して、翌朝七重浜海岸に多くの犠牲者が漂着し、さながら地獄絵のようであった。乗員乗客一三〇〇余人のうち、救出されたのはたったの一六〇人であったという。

九月の二十八日（一九九一年）の朝はやく、百年に一度という台風十九号に襲われ、風のみちとなった隣家の屋根は、はぎ取られ、そのトタンが電線にひっかかって、停電は二日、電話の不通、津軽りんごの落果など、全県的に大きな被害にあった。

さきの洞爺丸台風で遭難した、鷹巣の名物男〝有介〟を思い出したのは、八月の末に読んだ、渡辺喜恵子の『旅』であった。

昭和二十七年六月雨あがりの日「りっけきた、りっけきた」と子供たちが男のあとをついてくる。村で二軒ある床屋のうち、その一軒の向かいが私の家であった。りっけは間違うはずはなかったのだが……。

家人の名を声高に呼びながら、私の家に入ってくる。若かった私が居間の窓から外を見ていたので、「あっ、間違った」と引き返した。姑《はは》が「あえーりっけだ」と言って笑った。

りっけとは、有介をつめて呼んだ、北国ふうな呼び名であろうか。若いまだよめっこだった私を見て、こんな女がこの家には居るはずがないのに、家を間違えたと思ったようである。

〝薩摩守ただ乗り〟だったりっけが、洞爺丸にその日函館から乗船したのである。はっきりと住所氏名が乗船名簿に残されていた。有介は海の藻くずと消えたが、遺族には弔慰金が下りたので村では、「りっけだば神さまだべか」と噂が飛んだ。

りっけの死は誰にも迷惑をかけないで、ましていままでのことが棒引きになる程の金額が下りたからであろう。見えないものが見えたのかもしれなかった。

近辺の町や村を放浪して歩く女がいた。麻生《あそ》のナツである。背も高く骨格もがん丈で、黒いもんぺをはいて腹のまわりに、いろいろ布を巻きつけてはらみ女《め》のような格好で歩いていた。児でもなくしてからこのようになったのだろうか。子供たちがいたずらに、棒でつついたり、石を投げつけたりしても、かなりひどいことをしない限りは、おこらなかったらしい。

高張場踏み切りのあたりに、太平山様を祀るお堂がある。人通りもある所だ。厳寒のころ一夜の宿を借り祠の中で、ナツは膝をだくような形で眠ったのだろう。翌朝「ナツ凍《し》みで死んだどや」と噂が飛んだ。祠の中で座棺のなりでこと切れた。毎日が地獄のようであったわけでもなかったろうに。

寒さのなかの自然死は夢の続きでも見るように、この世の苦楽から解き放たれた、無心なもののようであったろうか。

1992年「とのぐち」第10号

私の住む町

秋晴れの続いた十月十六日、鎌田宏氏の『海鳴り』の書評がさきがけ新聞に出ていた。鎌田立秋子の雅号で俳誌『ほむら』に投句し続けておられた方でもあり、お会いしたことはないが立秋子の名前はなじみのあるお名であった。

その日、さっそく読んでみたいとおもって、図書館に出掛けた。著者よりの寄贈された本なので、誰も開かないページをいとおしむように読むことが出来た。

「新聞のこない日」で日本随筆家協会賞を受賞されていることも知ったのである。

新幹線は通っていないが、秋田は澄明ないい所である。

街の中を流れる旭川は川沿いに長い土手を持っていて水の面は見えなかったが、戦後その上の松並木と共にとり払われて川を見下ろす歩道になった。城下町の雰囲気が一変して、空の広い明るい街になった。


馴れ親しんできた風景を、この様な表現で読んでいくと、昔の町並みが目に浮かんでくる。いまも、町の四ツ辻に残る鷹の松は、四方に枝をひろげている。保戸野川反の対岸となる北高校の通学路にあった鏡の松は健在であろうか。そして城址である千秋公園に、今も時を告げる鐘つき堂があり、戦時中供出されたそれと同じ物ではないと思うが、朝な夕なの鐘の音が聞こえていた。

戦後の難渋時代に矢留町に住んでいた。鐘の音色で明日の天気を言い当てたり、生まれ故郷に帰り着いた安堵感を思ったこともあった。

そのころ赤十字病院跡地の畑の道沿いに、防空壕として掘られた洞窟は、千秋公園の横っ腹をえぐり取られたようで、地下水の暗い滴りが西日に透けて見える。敗戦の深手のようでとても悲しかった。

この裏道に赤十字病院の隔離病舎があって、六歳のころパラチフスで入院したことがある。冬は咳が出て風邪に罹《かか》り、夏はおなかを悪くする手の掛かる子供であった。家族と離れて独りでよく入院していたものだと、父に言われた。伝染病なのでお世話してくれる人と一緒であったが、その時のことをよく思い出す。

毎朝、通勤の回り道をしてくれる父の姿が、窓のむこうに見えた。中折帽を高くあげて、北の丸新町から勤務先の築山小学校へ通う、若い日の父は元気だった。

散歩道は八幡坂を登って二の丸に抜け、右に曲がり鐘つき堂に出る。お隅やぐらのあるあずまやに登ると、遠く海鳴りが聞こえた。もう六十年も昔のことである。

十七聯《れん》隊のラッパの音も思い出す。「新兵さんは○○○○○また寝て泣くのかよう」消灯ラッパの寂しい替え歌は、もらい風呂の帰りに聞いたようである。「秋田の十七聯隊やだやだぼたこで食う」など秋田の人は、昔も今も筋子やぼたこ（塩鮭）は好物のようである。

中土橋をはさんだ欅の大樹は、広小路からお濠に向かって右手の樹が、いち早く紅葉しはじめていた。

いまはどの樹も葉を落として、水面に影が沈んでみえるだろう。これからも町並みの様子や風の音、そして澄明な街と書かれている秋田市の素顔を見続ける事の出来るのも、生き甲斐のひとつである。

1995年「とのぐち」第13号

五時四十六分

山の端を離れたばかりの、朱い大きな月を見た。一月十六日の夕方まだ薄明かりの残る空であった。不気味な朱い月は、次の十七日早朝に起こった激震の前触れのように、心に残っている。寒の月は冷たく煌々《こうこう》と、と普通はいわれるので、一層気になる月の色であった。

兵庫県南部地震から、阪神淡路大震災に改称されるほど、広い地域で目を覆いたくなるような被害の様子が、テレビの映像となって終日伝わってくる。

秋田市の人口に当たる、三十万人の被害者が出たのは、過密都市とはいえ、働く所があり、住みよい土地であったのだろう。想像することも出来ない地震の被害に、たくさんの人の力と、資金が必要なことを思ってしまう。

学校の体育館では、恐ろしい体験からのがれ出た人たちが、放心したように、支給された毛布にうずくまっている。水を汲むために、長いこと待たされても、生きていたことの有り難さに感謝している、極限の状態を脱した人の姿に、目頭の熱くなるおもいであった。

テレビ報道の「現在《いま》なにが欲しいですか」の質問に、すぐ返答出来ない人が多く、激震と火災、建物の倒壊の恐怖は、あの戦災の焼け野原を再現したようである。

広島の原爆でも「水を下さい」の言葉が忘れられなかった。いま又「水が欲しい」が圧倒的に多く、水道管の亀裂から流れ出る水を、小さなあき缶で汲んでいる。

少し汗を流しても、すぐ缶ジュースや烏龍茶を飲むことが出来たのに、渇きや飢えとはほど遠い生活から、すべてのものが五時四十六分で隔絶されてしまったのだ。

お風呂に入りたい、も印象に残った。朝のシャンプーそして体を洗い流すシャワーと、日常生活が快適なほど、不自由さはひとしおと思う。「おもいっきり髪を洗いたい」という若い女性、日本人の潔癖なお風呂好きも、要望の第一になったと思うが、ひと風呂浴びた気持は、いっときでも、すべてを洗い流すようだったと思う。

次は水洗トイレである。難をのがれた家では、浴槽のお湯を使い水にして流していたが、汚物も流れてこそで、水のない不自由さは、原始の生活へもどるよりいたしかたのない事である。

あれからひと月が過ぎようとしている。さきがけ夕刊に、五時四十六分の生と死のタイトルで〝ようやく振り返り始めた語り手に耳を傾け、阪神大震災の瞬間を抱えて死んだ人々、生きた人々の歩みを伝えていきたい〟がはじまる。

中学三年の立岩友君の妹二人と子供だけ残された手記や、炎を背に負って、柱に両足がはさまった人を救助した工務店経営者など、数えきれない人命救助の記事が発表されている。

その中で二月二十一日『都市と川と水』阪神大震災で考えるを、秋田市乗福寺住職の中泉俊堯氏は、「秋田市を初めて訪れる観光客や県外の人には、駅近くの広小路に沿って浮かぶ千秋公園のお壕に、美しいという印象を持つ人が多い。中心街に緑と水のある風景は日本では得難い」など文中に今一番ほしいものは、水だという声に対しての川を大事に守る心を書いておられる。

保戸野八丁や天徳寺周辺を流れていた用水路なども、田んぼが住宅用地に造成されて、昔からあった水の風景を、コンクリートの下に覆ってしまったことは、水がなくて火災を消すことが出来なかった神戸の町に見た恐ろしさに通じる。

日本海中部地震の時は、たまたま遠足に来ていた合川南小学校の生徒が、加茂青砂の海岸で日本海側では起こり得ないといわれた津波にのまれて、生と死に分かれた。山里に住む児童の目には、広く青い海はあこがれだったと思う。一気に海岸へ走り出して、津波にのまれるとは……。人は運命と言うが、忘れることの出来ない大惨事であった。

あの日の空はあくまでも澄み、男鹿や能代沖へ飛ぶ自衛隊のヘリコプターの音が、一層不安を感じさせるように、日暮れまで響いていた。

地震雲をカメラでとらえた人、前触れの研究を続けている事など、時間が経つに従って、対策なども報道されいつ起こるか解らない地震への心構えは、誰でも準備をおこたらないようにすべきである。亡くなられた方々のご冥福をお祈り致したい。

1995年「とのぐち」第13号

かたくりの花

我が家から借景として眺めている山を上空から見たとすれば、ひと撫でてもしたような低い里山の続きである。散歩の足のむくまま、南へのびる農道の左が沢筋で、右には羽越線の線路が、日本海沿いに平行に見えかくれして、新潟へと延びている。

ひと沢めには沼があって、薄暗い杉山の影を落とし方形に水を湛えている。ふた沢めは田んぼと山の境に桐の木が一本あって、紫の花のころは遠目にも鮮やかである。みっつめの沢は少し奥深く、南向きの斜面は雑木林で、黒松の木が風馴れに枝をひろげた自然な植生で、なんの取りえもないが、いまは芽吹きの色が私を山歩きへ誘うのである。

まず咲きだすのが、こぶしの白い花である。花弁は地味でも、一樹となるふくらみは、雑木林の芽吹きのなかにあっても、存在感のある白を、尾根道や林の中に見ることが出来る。冷たい風のなかでもまず春を想わせてくれるのであった。

日脚がのびてくると、一輪草の白と紫がいっきに咲きみだれ、湿り気をふくんだ山の窪みにすぎないが、一面の花園となる。

そこからすこし登った左側の斜面は小高い丘で、詩歌では堅香子《かたかご》とよまれているかたくりの花が一面に広がっている。この花の北限はどこらまでなのか知らないが、はじめて見たときは珍しくて、一気に息をはずませて登った場所に、どうと腰をおろして眺めてしまったことを思い出す。

西木村の栗林に一面に咲くかたくりの花の群落は、テレビ報道された事で人々の目を楽しませているが、この山襞《ひだ》の一帯は山歩きする人にしか知られていないから、宝の山を持ったように咲きだすころがくると、そわそわと外へ気がむくようで落ち着かない気持になる。

山を歩くときはいつも人の後からついて行くので、道に迷うという事はなかったが、春の光が輝きだすと冬の間会うことのなかった友人が、一度そのかたくり山を歩きたいという。

花の盛りとおもわれる四月十八日は、朝方通り雨があったけれど、午後から二人で山へ行くことに決まった。車道を横ぎって山道に入る。朴の大きな葉が敷きこまれたじゅうたんのようで、平坦に続く道を奥へと進む。

あけびの芽が枝にからみついて、その蔓《つる》から芽がのびている。この葉を〝木のもえ〟と呼んでひたし菜として食べる習慣が、藤原の家にはある。ほろ苦いが春のよろこびの一皿で、忘れがたい珍味なのである。

尾根道に入って五メートルほど進んだところに、杉の倒木があり、ひと冬の間にこんなところで道が立ち消えている。刈り払う人がいないのだろう。

左の方は杉の造林地で、十年位の間に日をさえぎる程成長している。この林の端を右へ入ると木立を透かして、豊岩の大沼の水面《みなも》が見える尾根道に出るのだ。十條製紙所有の境界線で歩きやすい道なのに、木いちごの茨《ばら》や、柴の藪《やぶ》で漕ぐように、右へ右へと歩いても、かたくりの花の群落には程遠い茂みに入ってしまっていた。

目をあげると西日の射す尾根に、ひと際白いこぶしの樹が見えた。その時、一本沢筋を奥へきてしまった事に思い当たった。

友人には自分の現在地はわかっているので少しもどることにしようと告げて、平坦な方へと気遣いながら歩いた。

赤松の大樹を背にして見た群落を頭に浮かべてひと襞下ると、窪地に〝べこの舌〟といっている葉が芽を出していた。湿地だ。きっともうすぐだろうと右へ進んだあたりにかたくりの花が散在している。友人は一緒に来た私を信じてついて行くしかないと思っていたろうに。やっと安心してかたくりを摘んでいる。

ひたし菜にすると歯切れがよく、白い茎は結びみつ葉のように、吸い物の椀種にするとひきたつが、多く食すると通じが良くなるという、山の花の野性をひそとふくんでいる。

背負ってきたカメラのシャッターを友人はしきりに切った。まだ眠たげに見える薄日に、紫の花弁のかたくりは、どんなアングルをフィルムに残したのだろうか。

ひと沢を麓までなだれるように咲く花の群落に見ほれている耳に、山裾を通る貨物列車の音が長々と続いて行った。

1997年「とのぐち」第15号

光の中で

足早に訪れた春は、冷たい風の中で見付けた。向こうに見える雑木山の芽吹きも、震えているように見えて、おもわず口ずさむ早春賦の歌詞にそっくりである。

何日か経って、庭にある栃の木に赤いにぎり拳のような芽がほころびはじめた。人さし指が開き、中指が開くような形で、順序に五指が開ききると、萌黄色の葉脈の透ける葉になるのであるが、赤ん坊の赤さのある栃の芽の色は、生命力の滴りが見えるようだ。

栃の葉が一枚の広い葉らしくなるころ、野菜畑に雑草がはびこる。いぬふぐりの青い星のような花を見ても、また生えていたとばかりに、引っこ抜く。ぺんぺん草など手を触れただけで、条件反射のように種をはじくので、たまったものではない。雑草の生長力のしぶとさには、私はたじたじと尻込みをする程だ。

いつのころからか、趣味と実益をかねた畑づくりが続いている。もちろん学生時代の食糧増産で致し方のなかった勤労奉仕などが根にあるのかも知れない。土を耕し、種をまく、双葉の芽が出る。そんな生長過程が好きなのかもしれず働いている。

土を耕す労力は、冬の寒さでなまった体には、並大抵の事ではない。耕運機で畝《うね》立てまで出来る大農業とちがって、風のない日を見計らって消石灰をまく。酸性度を中和するためである。次はスコップで天地返しをする。掘り返された土に、太陽の光が吸い込まれるまで放置しておくのだ。こんな息の切れるような作業のあい間には、冬眠から覚めた蛙が飛び出たりすると、作業の大変さなどを忘れて、大地に腰を下ろして、ひと息をつき蛙をしげしげと見たりする。朝や夕方の約一時間が作業の限界のようだ。

働いた充実感と畑の計画などを思っていると、自然に頭が疲れるのか、よく眠ることができる。ころべば眠るという若い日のようにはいかないが、老年になると眠りという至福は、ほどほどの疲れと安心感が必要だと思っている。

野菜は自分で植えなくても近在の農家から、バイクにリヤカーを連結して売りにくる。春はひたし菜にするホウレン草、早どりの時無大根は、立派な形をしていてまっ白い。季節が進むにつれて、もぎたてのキュウリや茄子、トマトなど夏野菜になっていくが、私の畑の伸びのおそい春菊でも、急ぎの時にはすきやきのつまみ菜ほどになってくれる。燦々《さんさん》と降りそそぐ春の光に、雑草園ですと居直ることは私にはまだできない。

あえぎあえぎする作業の思いの底流には、一途と言うか自然より注がれる光の中で、躍動するものを感じてしまうのだ。

桜前線の早い今年も、計画に添って畝を立てた畑に、茄子やトマトの苗を定植した。夜は葉を垂れて眠っているように見える栃の葉も、立派な一枚の形となって、青葉風の季節へと移っていく。

1998年「とのぐち」第16号

秋田大橋

平成十三年十一月二十二日、秋田市と日本海沿岸の主要都市を結ぶ秋田大橋が完成し、その渡り初めに参加した。銀杏の葉が黄色く散り敷かれた、美術短大の校庭を通り抜けて、雄物川堤防から入る会場へ急ぐ。

一般国道七号「秋田大橋開通式」の資料に、「二十一世紀を見つめる虹のかけはし」とある見出しには受け継がれていく、新たな感慨が込み上げてくる。

くす玉が割られ、ファンファーレを吹奏する、白いベレー姿の小学生が背負う時代になっていくのだ。堤防の下から昼花火の祝砲があがる。その音に驚きやすい鴨の群れが中空高く舞いあがる。中洲のカモメは、さながら威儀を正したかのように白い群となって、流れに漂っていた。

この大橋の絶景は、日本海に沈む夕日だと、私は思っていた。大橋架替記念写真コンテストの資料を見ると、推薦の作品となった「朝もやに舞う」、まだ明け切らぬ橋桁の暗さと、橋の上のアーチの明るさにピントがあるのだろう。二羽の鳶の飛翔、やっと明けてくる朝もやの中の二本の煙突には遠近感のある見事な配材である。次の作品は、昭和九年から風雪にさらされた橋にかかる三日月と宵闇の水面のさやぎ、写真がこれほど語りかけるとは思ってもいなかった。入選の「河口落日」は、大きな火の玉の日輪と、昏れかかる色の中の釣り人など、どの作品も誰もが出会ったことのある、来し方の思い出深い一枚一枚の力作である。

平成九年の冬、橋脚工事が茨島側から始まった。日本海から容赦なく吹きつける風雪の中での過酷な作業を、バスの中から何度も見ている。冬季間は水量が割合一定していると、教えてくれる人もいる。新屋側に最後の七脚目の橋桁が現れたのは、岸辺のねこ柳の芽と一緒の早春の風の中であった。

本荘・酒田へと延びる道路の交通量と、車の大型化で地元では耐用年数の過ぎた旧大橋を、不安視する声もあったが、いざ解体に当たった工事関係者からは、いたって手堅い造りであったと聞く。七十年近い歳月の役目を十分に果たし終えたのだ。

正午すぎからの渡り初めは、三夫婦揃った三世帯の方を先頭に、完成されたばかりの大橋の車道を小春日和と共に渡った。晴れの日をビデオに収める人、子供を肩車して渡る人、折り返してくる人の波の中に知人が多い。歩道は広くなって通勤通学の人々も安全だろう。日本海の波を表したカラータイルの配置は、地元美術短大生の作品である。

季節はもうすぐ冬。大寒の雄物川の結氷やそれに続く流氷、雪解水へと春の足音は白鳥の北帰行で始まる。人波が渡り終えたころ、車両の渡り初めが始まった。銘柄米「あきたこまち」を積んだ二台のトラックが通る。

いま、秋田大橋は産声をあげたのだ。

2002年「とのぐち」第20号

あわて雪

新沼謙治の歌に、こな雪、つぶ雪、わた雪、ざらめ雪、みず雪、かた雪、春待つ氷雪、という流れのよい部分があって忘れがたい。

昨日、今日のあわて雪（十一月十日、日曜日）には、雪の降ってくることを、覚悟している秋田の人でも驚いてしまった。

車の人は急いでタイヤの交換に、野菜を畑から取り込む私も気が急ぐ。大事な庭木の冬囲いは、忘れてはならないのだが、隣家のいろはもみじはまだ黄色の葉っぱのまま、雪をかぶってしまった。

私はこの木の落葉をことのほか楽しみにしている。いろはもみじの名のように、赤い葉、黄色い葉、朱色と風に誘われて私の家の片隅に吹きたまってしまう。

小春日和の続く日の落葉掃きは、葉っぱの色につられて、掃除に精が出る。畑の中に積まれる落葉は、ふかふか座布団のようである。隣家の落葉に境界はないので、自然に秋の楽しさになってしまった。風の日は風の気持ちで、雨の日は雨のおもいで居たいものである。

北秋田で人生の半分を暮らしたせいで、越冬用の野菜の準備も大事だ。まず土のついた長ねぎや大根を畑の土に囲う。白菜は新聞紙に包んだりして、義母《はは》から受け継いだ生活習慣はまだ抜けない。ひと品買いそびれても、心の中を空っ風が吹くようだ。スーパーにひとっ走りというわけにいかない私なのだから。

勤労感謝の日も次の二十四日も好天であった。毎日家中の掃除などしないので、こんな小春日和の日は家中の窓を、まず開け放つ。掃除洗濯をしないことには、主婦の気分がおさまらない。四角い部屋を丸く掃いているかも知れないし、夫の座っているソファーの居間はあとまわしにしたりの気遣いはあるが、自分の思い通りに事が運べるのが、なによりである。二階のベランダに洗濯物を干し終えると、午前中の大半の時間が終わってしまう。

冬を前にして、小春日を授かったとか、賜ったなどと形容されるが、明日の晴れが予想されない希有《けう》の日という意味からであろう。身体の健康はこの歳ではいつまで続くか、分からない。冬への準備の出来ないままの、あわて雪には驚かされたが、今日一日というおもいは深い。

2003年「とのぐち」第21号

虹の耳飾り

昨夜は、眠りにおちるころより雨になった。今朝は一面の春の霧がたちこめている。寒さのぶり返しで冬が長かった分、やっと春らしい空気を体ごと感じられる。いつも見馴れている大森山に並ぶ六基の鉄塔も、まだまだ春の霧の中である。

その鉄塔の山裾で「幻日」という天体の不思議を目の当たりにしたのは、二月十八日の午後四時を過ぎたころの時間であった。なに気なく西の空を仰いだら、見馴れているはずの空は、立春からまだ二週間ほどしか経っていないのに、夕茜の色がにじんで明るい。

視線を少しばかり山裾に下げると、ぼっとした半円の両脇に小さな虹が見えた。虹の位置は円形の三分の二ほど下ったあたりから、両脇に光が射し耳飾りめいて見える虹の色である。

その時はどこかで雨が降って、その光の屈折で虹が見えたのかぐらいに考えたが、はじめて見るこの現象が、幻日という天体のドラマであることを知るのは、十九日の朝刊を見てからのことである。中央部分は冬雲が厚く、切れ目から太陽光が放射されているので、三つの太陽があるように見えるのである。

《山から巨大目玉　東成瀬で「幻日」観測

県内の沿岸部や内陸の一部で十八日夕、「幻日」が観測された。太陽と同心円状に広がっ

た日暈の両脇に幻の太陽が現れる現象。太陽光が上空五〇〇〇―一三〇〇〇メートルにある氷の結晶で屈折して起こる。》

このように説明されていた。晴れ間の少ない冬季に現れるのは珍しいということだ。東成瀬村田子内の国道342号を、車で走行中の佐藤信之さんが撮影した写真が、新聞に載っていた。

春のおぼろ月はよく見る。暈を着たお月さんの中に、星が見えると明日は晴れとか。履いている下駄をポンと放って、表が出れば晴れ、裏が出れば雨とか言って遊んだ日永。雪ぐにの良さは閉じ籠もっていた分だけ、春への期待はふくらんでくる。

雄物川をはさんで西の方に見える秋田市街は、夜空の照明で薄ぼんやりと明るい。月も星もその存在をこの町でははっきりと見えないが、はじめて仰いだ幻日は、人知の及ばない空のドラマであった。

2005年「とのぐち」第23号

曲田《まがた》の聖堂

涼やかにイコン裏口は羽後なまり

俳句雑誌「合歓《ねむ》」の平成十四年自選十句のなかの一句に、東京在住の先輩である中村敵《ただし》氏が、「日常生活の親しみ深い味のある対比」と好意的に評を書いて下さった。誰もがうなずく引用部分を参考までに書いてみたい。

カトリックと限らず、信心深い家庭には必ず宗派夫々の本尊像や画幅が祀ってあるが、その場所は奥の間か、居間の上座であろう。一方裏口や茶の間の方は日常会話にも遠慮のない訛り言葉が飛び交うことが多い。聖画と羽後訛り、共に親しみ深い味の対比であった。

この句の素材となったのは、三十余年も前の昭和四十四年の晩夏のころである。大館市大滝温泉にある大滝労災病院からの裏道である、米代川沿いの細い道を抜けて、曲田《まがた》にある聖堂を訪ねたことがあった。

屋敷続きの中にある堂守の畠山さんに、案内を願ったところ、快く扉を開けて下さった。そこには思いもかけないイコンとの出会いがあって、水底の沈潜したような静けさと、色彩の清純なおもいがあった。北秋田の訛りで話される畠山さんの風貌と説明は、土着の方らしい謙虚さで、イコンは山下りんという方が画かれ、ギリシャ正教の教会堂で、東京神田のニコライ堂と同じ宗派であることを話された。

一般には〝曲田の聖堂〟と呼ばれていて、正しくは「北鹿《ほくろく》ハリスト正教会曲田聖堂」と呼ばれている。木造平屋建て、一五坪の小規模なものであるが、小さいながらも正教会聖堂の様式をはっきりと備えているという。

昭和四十一年三月、秋田県重要文化財の指定を受けている。建立の時期は明治二十五年七月、最初の信者であった同地の豪農、畠山市之助氏（約翰《ヨハネ》）が私財を投じて自宅の敷地内に聖堂を建立したと、大館風土記の文献によって分かった。

聖堂内のイコンの一つに「受胎告知」があり、天使のお告げを受けたマリアの驚きと、おののきの眼差しが、いまも私のなかに蘇って来る。その他に風土に根ざした深い印象は、天然秋田杉の頑丈な造りで、杉の柾目の素地は、長い間の風雪にさらされ、鎧戸状に外壁の役目を果たしているのも驚きであった。

昭和四十八年作家の檀一雄氏がこの地を訪れている。同行された筆者の引用によると、檀氏を聖堂の村に案内したが、氏一人だけカメラを持たず「写真に頼らないで、心眼に聖堂をうつします」と語られたのが印象的であった。

会堂の白く錆びつつ柿熟るる　檀一雄

この句を色紙に揮毫《きごう》され、同行の佐々木寛一氏に託されたそうで、今も大切に保存されているという。檀氏の俳句〈白く錆びつつ〉は、風雪にさらされた秋田杉の柾目を句のなかに詠まれたのであろう。

北鹿は銅の生産による鉱山が多く、外国からの技師による影響は大きかった。貴重な文化財として曲田という鄙《ひな》の地で、明治大正期の女流画家山下りんの描いた十七点のイコンと聖堂に出会えた感動は、涼やかな思い出であった。

2004年「とのぐち」第22号

三浦館《みうらやかた》

ご縁があって金足黒川地区にある、三浦館《みうらやかた》を訪ねたのは十月に入ったばかりの日であった。秋日和が続き稲の刈り取り作業も順調で、刈田になったばかりの道を、車は一直線に進んだ。平成十六年、秋田市の文化財として指定のあった館である。

中世城「黒川館」跡地の高台に、大規模な主屋を中心として、表門や米蔵、文庫蔵など九棟の建物があります。

と、保存会の説明にある通り、通常は裏口にあたる胸つき八丁の急坂を、車の中にいても掛け声でもかけるかの勢いで、登り切った。降り立ったところは、六間四方（約十メートル×十メートル）の広びろとした土間の入り口近くである。

庭囲炉裏には、根榾《ねほだ》のとろとろと燃える火の色と、涼気が見えるような煙が立ちのぼって、大屋根の茅葺《かやぶき》を保つ煙が途方もなく広がっている。いつの間にか頭《ず》をもたげて煙の行方を追っていた。

突然のお誘いなので、予備知識のないのが気がかりであったけれど、平成の時代のご当主である三浦晃生氏は、「十六代という歳月が、この大きな屋根の下《もと》での、朝な夕ながある」と言われた。

この日は雨予報の天気であったが、午後の光の中に思う存分に活け込まれた秋草が、大きな水甕に活けられている。花芒に配される蒲の穂、孔雀草にコスモスと千日紅、どれも身近かな風に揺れていた野の花の風情に、この館の心づくしがしのばれる。住所氏名を記帳し拝見することになった。

土間の敷居は一尺ほどの高さがあり、現在のバリアフリーの日常の相違はあっても、この館ほどの敷居としての違和感はなく、中に入れていただく。まや（馬を飼った場所）には三頭の農耕馬や、牛乳をしぼるホルスタインも飼育された時代もあったとか。なに気なく置かれたまやの片隅に、藁砧《わらきぬた》といわれる石と木槌が見える。この砧で藁を打った、夜なべ仕事の縄ないの労苦が見えるようだ。

藁砧夜なべの敷居跨《また》ぎけり

茅葺《かやぶき》の大屋根の高さは十三メートル、四階建てのビルに相当し、淡くたちのぼる煙は梁《うつばり》を大きく支えている。この家の大黒柱は栗材の八角柱で、年代の奥深さがしのばれる。庭囲炉裏の側の急な梯子《はしご》段は、若勢部屋の裏二階らしい。右の土間を隔てた台所へ続く二階は、女衆のめらし部屋で、多くの使用人が立ち働いていた物音が、土間いっぱいに鎮まっているような気配がする。

案内して下さる田仲さんという青年は、声音《こわね》といい、発音が落ち着いていて、古民家のガイドには適した方で、まず外まわりからの順路で説明が始まる。

特別の来客の時しか使わなかった玄関、左手の八畳間は大正七年に郵便局として使用され、黒川油田の最盛期の面影であると言われる。そこへ続く板の間の縁先には、後の月には二日ほど間があるのに、月を祀る東《ひんがし》へ向けて芒と栗の実が供えてある。

中座敷を通した奥処は、一段高くなっていて、仏間が家の中心というその時代の、敬神崇祖の表れがよく分かるように見える。土縁を右へ曲がると、おえ（接客用の部屋）は、土間へ風が通る中座敷と通し間になっていて、土間のむこうに秋の花壇が、座敷の小暗い部分を通り越して見えるのも、古民家の建築様式としての開放感がうれしかった。

土間は現在の風除室の役割なのか、雪国ならではの工夫といえますと説明される。欅のぬれ縁に腰掛けて見る南向きの庭は、ひょうたん池を見下ろす庭になっている。その時代に写された子どもたちの遊んでいる写真が、米蔵に展示されていた。この見下しの庭を存分に走り、虫とりやかくれんぼをした思い出の深い庭だ。自然に生えるみつ葉や屋敷蕗の葉の下には、ことしも季をたがえずに生えだした、サワモダシという茸が小さなかさを開きはじめていたが、湿度と光の賜である。

西側は家相上から厠になっているので、小用を足す甕の様なのが二個埋め込まれ、いまは雨蛙が泳いでいますと言う。昔は青い杉の葉をびっしりとつめ込んだ外廊であったと思った。草むらから「くくく」という音がする。少し日が射して気温が上昇したのかもしれない。蟇《ひきがえる》か、穴まどいの草を滑るのかよく分からないが、冬眠の近いものたちの声かも知れない。

草紅葉かくれんぼの声ひそみいて

記念に土間を前にした縁に並んで写真におさまった。十五名であった。館の奥様と、麓に住んで居りますと言われる、保存のための地域の方も並んでおられる。昔からの絆の深さに敬服し、なんとも頼もしい集落である。

秋の花壇に咲く朱いカンナ、マリーゴールドと、屋敷神の鳥居がよく見えて、左に蔵が並び太い欅に囲まれた広大な屋敷は、主屋を一層引き立てている。棟飾りの「丸に三引き両紋」が、仰ぎ見られるのであった。次の時代への継承は未知数であるが、末永く保存に力を注がれることを願って、館をあとにした。

2007年「とのぐち」第25号

古川堀反二丁目

山ひとつ越えた日本海から、紗になって吹きつける、北西の風に雪がつく。一寸先の見えない地吹雪の日は、二日も続いた。

外出する日は、あまり荒れない方がよい。窓から見える吹雪には、たじろいでしまいそうだ。秋田の冬はこんなもんだよと、もう一人の自分が言い聞かせてくれる。

一月十三日、広小路の七階にあるホテルの窓から見る雪の日は、右手に張り出した軒先に、五センチほどのつららが、透明に並んでいて、その向こうは吹雪で何も見えない。中土橋の風景によく収まっている。県立美術館と、市民の大方の人たちが、移転を惜しんでいる平野政吉美術館が、雪の晴れ間には見えるであろう。

昼食の賑わいの間は、この市街地も吹雪がおおっていたが、天の配剤か雲のいたずらか、一時の晴れた青空に、太平山の起伏ある山の姿が見えて驚いた。この方角は東であった事を。

渓谷の襞は、まっ白な雪を沈めて、尾根伝いの蒼い稜線の冷気が、額縁のような窓の風景だ。左側の窓は、右手から続く巨樹の欅の梢《うれ》が対岸の和洋高校の敷地を被い、お濠には氷った水の上を吹雪が過ぎる。かつて北斗製氷という会社が、この氷を採った時代もある。

この秋しばらく外出しない日があった。不況を反映してか、濠端に並んでいた建物が、解体されて更地になっていた。

いまは、千秋明徳町であるが、旧町名は〝古川堀反〟と呼んでいた小路である。縫製業の「ロビン」、更紗模様や藍木綿の趣味の店、工芸品の小物などの洒落た所など、店主は立地条件はよしとしたのであろうが、不況のあおりが続いている。

それにこの場所は、現在には不似合いなほどの、赤い大きな鳥居があった。水辺の奥なので屋敷神の龍神さまを祀ったのであろう。祠でも残っていそうなのに、更地になっている。

そんなことで秋田駅からの歩道から眺めると、カトリック教会の建物の全貌が見えるようになった。記念誌によると、一二五周年を迎えたという。

〈この地は秋田藩、疋田家老邸跡で、明治初期の秋田の印象について（明治五年）日本縦断紀行のマラン神父一行は、津軽から秋田の角館を通って、秋田町に至ったときのことを「…今まで通って来たどこの町よりも整然として緑濃く麗しい佇いであった…」と激賞している。／中でもこの一角は、堀反町の二百メートル余りは、家老級の四家が居並び、格式に沿った長屋門を構えていた。〉

と、保戸野小学校みどり組の級友である、佐藤信孝氏が記事を書いておられ印象深い。現在の秋田中央警察署の位置には、昭和三十年代まで、秋田組合病院の古い建物があった。

その病院のお濠側に、バラックの二階屋が建った。終戦後のまだ食べることだけで、精一杯なのに、志ある人の発案であろうか、「叢園」という展覧会場で、中川一政と武者小路実篤の画を見る機会に恵まれた。どんな画であったか、とうに忘れてしまったが、野菜や果物が並び、「みんな仲良し」などと記憶にあるのは、後に見た武者小路の作品を通してであろう。

その後、秋田市長でもあった武塙三山の、にわとりの画は、雄鶏《おんどり》の雄姿が会場の左手奥に掛けてあった。「離村記」の著者であるこの随想は、何度読んでも、その頃の風土が息づいていて、力強い。

にわとりはどこの家でも放し飼いで、五羽も十羽も雌鳥《めんどり》を連れた雄鶏は、とさかは赤く、尾羽根は黒く朱く威風堂堂と、屋敷のあちこちを群れあるく。みみずの餌でも見付けようものなら、コココッと雌鳥を呼ぶ。隣家の雄鶏が越境し雌鳥に近づくと、すわ一大事と、追ったてる。

そのころは野生的な面が人の生活と身近かにあった。

聖霊高女の級友の蓼沼さんという画をかく人と一緒に、この展覧会に行った。彼女は菅鉄郎の指導を受けていた。菅さんは、築山小から秋田工業の出身であるが、画をかくことから離れきれずに、美大に進み成功された。

大町の本金百貨店の二階で、菅鉄郎の個展が開かれた。昭和二十三年の春、この会場の受け付けを彼女とすることになる。まだ少女の私が、個展の会場に居るだけで晴れがましい。母のコートで仕立て直した、ステンカラーの上着に、ズボン姿である。

「橇を曳く人」の画は、綱を付けた長橇を曳く男性と紅いボッチの女の人の画で、すぐに予約の札が付いた。

菅鉄郎の代表作は「秋田おばこ」である。絣姿のおばこ美人は、手甲の緒の赤さ、もっぺの紺絣。あのようなオーラに包まれた秋田美人はもう居ないであろう。

平成十九年の九月に、その堀反二丁目にある、今薬局が新築改装された。漢方薬も商ってい る店である。お客の待合室の椅子は、お濠に面して居り、一間幅のガラス戸は、対岸の和洋高校に向かいあっている。生徒のざわめきも、巨木の欅の梢も、冬はみんなのみ込んで、いまは一面に凍っていた。

九十四歳になった父方のいとこは、この高校の前進、愛国女学館の出で、卒業したその年の暮れに、峰吉川出身の男性と結婚し、沼津に嫁いだのよと電話で話している。なつかしいと言う秋田の風景のひとつは、広小路のお濠と、公園の時鐘、本当に聞こえたであろうかと思う、十七連隊の消灯ラッパ。

ふるさとは遠くにありておもうもの、のよう、なつかしさだけで、もう帰る所ではない秋田。高齢になった従姉妹を偲ぶにふさわしい、古川堀反二丁目の薬局の椅子である。

お濠の水面は、そんな恩愛の情を深く沈めて、ドーナツ化現象の広小路は、終戦後のあの素朴さにもどるのであろうか。

2010年「とのぐち」第28号

古里・なくしてはならず

うみはひろいな大きいな／月はのぼるし日はしずむ
うみは大波あおいなみ／ゆれてどこまでつづくやら
その海が牙をむいた。

三月十一日午後二時四十分。午後の予定に取り掛かろうとしたとき、かたかたと揺れを感じて私は椅子から立ちあがった。その揺れは次第に激しくなった。

ノンフィクション作家の柳田邦男は、長年の習慣で揺れを感じた瞬間から「1・2・3……」と秒数を数えるそうな。

縦波（P波）横波（S波）が到着すると、揺れが突然大きくなる。それが本震だという。横波の揺れが私の家は長かった。南向きの玄関の戸は、東と西から自然に開いている。

まず夫に帽子を渡し、自分でも帽子をかぶった。揺れのおさまるのを待つ。ストーブがプツンと消える。停電であった。外は西風にのった飛雪が激しく、視界ゼロに近い。

三時三十分ころ、揺れも雪も小康状態となったので、玄関前に立って空を見た。〈ラジオに入れる電池を用意しなくては〉と考えていたら、向かいの方が「大丈夫でしたか」と駆けて来た。「ラジオの電池を用意しようと……」と伝えると、すぐ自宅へもどって、小型のラジオを貸してくれた。声の伝わるものが手許にあることは、情報を知ることで大きな安心になった。

近くのコンビニで単四の電池を四個買い、ラジオに入れてもらう。こんな時は顔見知りなのが有り難い。ついでにローソクも買った。この時点のコンビニは、棚には充分の品数はあったが、レジでは売った品名を手書きしていて、手間取った。

夕暮れまで、ただにラジオを聞いていた。被災の様子は朦朧とした記憶だけで、「またきたまたきた」という夫の余震を知らせる声に、不安がつのる。ローソクを三本つけて、残り物で夕飯を終えた。

ふた昔も前からあった、ジュラルミンの湯タンポに、反射式ストーブで沸いた湯を入れて、夫の寝床を暖めた。日ごろ使っていない大きなヤカン、鍋や空きビンなどを利用し、当座の粥を煮たり湯を沸かした。市内は水道もガスも通常通り使えたので、大変助かったのである。断水した地区は、電気より水がないと、なにもできないと言っている。

暗くなってしまったので、早めに床に入る。月齢は満月には間のある三月十一日の夜である。それから三日、真夜中に目が覚めた。春月は天頂に輝いて見えたが、とても冷たい月の光であった。津波の海より叫ぶような波頭を想像し、身がぞっとする。人智の及ばない天変地異なのだ。

釜石、大船渡、気仙沼、石巻、と耳馴れた地名に、気持のやり場がなかった。「平家にあらざれば人にあらず」をもじって、「十條にあらざれば人にあらず」と言われた時代、十條製紙秋田工場は、シンボル的なパルプの煙突から、時に煙を吐き異臭は町に漂っていた。この企業の社員も多く、地域の経済を大きく支えていたのだ。それが二十五年程前に、石巻にある日本製紙に吸収合併され、秋田工場の社員は、仙台へ、石巻へと転出したのである。ある年齢に達した人たちは、環境の変化と、心労で多くの人は病気をし、苦労があったことを聞いた。

一方、気候は温暖な地で、暮らしやすい事に、住めば都となった方もいた。が、その人たちがこの震災に巻き込まれ、津波で大変なことになってしまう。二階にいて一命を拾った人は、向かいの家で留守居の年寄りが、家ごと流されて行くのを見て、助けてあげられなかったと、電話で男泣きした現状を聞いてしまう。

平家の栄華をもじった十條製紙の移転で、秋田市の経済は低調となって、なかなか這いあがれない。

余震の不安の中で、とのぐち会の作品を仕上げ、それから震災見舞いのハガキを五枚書いた。県外は相模原のHさん、箕輪のMさんと。程なく二人から返事が届いた。

Hさんは、米軍の厚木基地が近いので、停電はなかったが、古里の雄物川のことなどを案じてくれた。Mさんは震災ニュースを切り替え佳き邦画をテレビで見ているなど人それぞれだ。

平鹿町のTさんとSさんは、思い掛けない震災見舞いのハガキを見て、胸のつかえがおりたような手紙が届いた。Tさんの手紙は、冬は豪雪が一段落して、春を待っていましたら、大震災は天からと言うより、地中から炸裂したようだと。

仙台と塩釜に嫁さんの親と、伯父様が居り無事でしたが、二度ほど、米、水、みそ、ラーメン、調味料など十四日に届け、当座食べる分として、おにぎりを三十個別に持って行かせた事、そのおにぎりを伯父様は、全部町内の集会所に出して、皆に分けたという。
伯父様は、お寺の総代をしている人ですから、当然と言えばそうかもしれない。

と手紙文は結ばれていた。

困った時はお互いさまとよく言うが、なかなか口で言うほど単純なことではない。古里に根っこのある人の絆は、有るものはみんなで出して食べてもらう。冬の雪のしんしんと降る日、雪消えとともに萌える、草や木の芽、こんな山の恵から始まる風土。東北人の持つ気質なのかも知れない。

耳で聞いたラジオ。目で見たテレビの映像。手紙文を通しておもう情の深さ。津波にいためつけられても、漁師にもどるという男の貌。海は命の源であり、希望や夢の海でもある。

うみはひろいな大きいな／月はのぼるし日はしずむ。

２０１１年「とのぐち」第29号

淑気

お椀を伏せた形の里山は、秋田県では珍しい。奥羽本線沿いの神宮寺岳、八郎潟町の森山。そして大館市比内町にも、達子森《たっこのもり》と呼んでいる山がある。頂上に薬師堂が鎮座していて、讃岐の山の風景とは比べようもないが、お椀を伏せた山の容には、いつも印象深くおもってきた。

一昨年、新聞で知って達子森の絵馬を、夫は郵送してもらった。秋田杉の絵馬は素朴ながら、達子の森郷中会と印されていて、裾野に住む人たちが守り続けておられる。

初日の出を拝し、その後ひとりひとり、心の雄叫びをあげると言う。現地に行った事はないが、近くに県立比内養護学校や菩提寺である養牛寺がある。墓参のたびに見える達子森に郷愁があり、絵馬を求めるきっかけになったらしい。

初日の出を拝した後の発声は、〈新年おめでとう〉かも知れない。寒さと雪の日々は声を発したらせいせいするであろう。比内地鶏の産地なので「コケッコッコウ」とにわとりの声もあり、和気藹藹となるのだ。

古事記の天の岩戸の物語りにも、鶏の声で夜が明けるとあるが、神社の鳥居は鳥が留まる柱として、あの世とこの世の結界を表したという説もある。神聖な処と俗世との境の表れであるらしい。

今年の元日は雨模様なので、初日の出は拝されなかったが、二日、三日は天候はおだやかであった。

結婚して六十余年、新年の迎え方は歳月が形を成していった。正月の準備は、手づくりが多く、おしるこになる小豆を煮る。くろ豆も暖房のストーブで気長に煮えた。

春に摘んだよもぎを干し餅草にする。きな粉も青い大豆を妙って製粉する。なに事も北秋田の言葉である「までー」な姑のおばあちゃんであったから、ときどき私はその気の長さに、短気になったが、皆、良い方法であった。高齢になっていま思い返す時よく分かる。

掃き清めた座敷のひんやりとした畳の冷え、大晦日、元日への準備は、まず入浴して新しい肌着に替える。夫は和服に着替え、子供たちも肌着や靴下などは新しかったと思うが、まだまだ衣服は充分にはない時代であった。

用意した鏡餅は、夫の手で床の間、神棚、仏壇に供え、昆布に松、ゆずり葉、みかんを添えて半紙を折りたたんで供える。お神酒は盃に、お灯明を点すと冷たい空気の座敷は、一瞬引きしまる。

淑気満つ老いに灯明やわらかし

こんな句を詠めるのも、平安な一刻があるからだろう。大寒が過ぎ、やっと立春。名ばかりであるが、日差しは確かに伸びた夕茜空である。

2014年「とのぐち」第32号

月見草

歩くことが自在だったころの夫は、夕月色に咲く月見草に魅かれたらしく、散歩のついでに、道沿いの雑草と一緒に咲く花の株を、いつの間にか庭の片隅に植えていた。それが根付いたらしい。

今年の春、見覚えのない芽が出ている。なんだろうと話していたら月見草であった。草丈を伸ばし初夏の夕暮れには、いっぱいの花を咲かせてくれる。人の寝静まった夜も、月の光を受けて咲きとおす。朝の光のなかでは、紅花色になってしぼんでいる。

そんな夜を幾度か繰り返していた八月七日、たまたま帰省していた娘に、夫からメールが入った。畠山義郎氏の訃報である。

元合川町町長。十一期四十四年を務められた畠山氏は、夫と鷹巣農林学校時代の同級生であった。詩人として秋田県現代詩人協会の初代会長でもあり、畠山氏は亡くなる前の年、娘の夫の経営する東京のコールサック社から、『畠山義郎全詩集』を出版している。そんなご縁で、娘の夫からいち早く連絡が入ったのである。

翌朝、起きぬけにこの訃報を娘から知らされて、来るものがきたという思いがし、朝の空気をまず大きく吸った。

享年八十八歳、同じクラスでもあったという夫は、社会に出てからも交流が続いていたという。

「畠山義郎さん、亡くなったど……」

夫に告げると、吐息をはくようにひと言「あのころは、楽しかったなあ」と言う。酒の席では、兵役時代のことや、敗戦のなか無事に復員できたことなど、心置きなく語り合ったことは、今でも熾火《おきび》のように胸に残っているのだろう。

『畠山義郎全詩集』。このずっしりと重い一冊を書棚より取り出し、詩やエッセイを再読する。一九九四年（平成六年）八月七日冬日・「鴉《からす》」の除幕式の写真のページには、左から阿仁今井町長、詩人押切順三氏、著者と二人のお孫さんの姿があった。

新雪をまぶり／新雪にまぶれ／浴《ゆあみ》する鴉誰のために粧う／厳冬に向って／漁《すなど》り／どんらんの食に／充足があったか／眩しい冬の日射し

この詩碑の行間から感じられる北秋田・合川町の風土。土くささや、朴訥な人情が漂う。夫の生地であり、住み永らえた坊沢は、合川町とは米代川《よねしろがわ》を挟んで対岸に位置している。秋田市に移り住んですでに、四十年余りの月日が過ぎていた。うらぶれた国土に、戦後復興の旗を掲げ、この地から立とうとした畠山義郎氏の気概が、あらためて胸に刻まれる。

詩集の送られてきた平成二十五年五月は、〝梅も桜も共に咲く〟の民謡のように、束の間に葉ざくらの季節になる。大野岱の原野には、固有種のレンゲツツジが咲き誇る。初夏にかけて咲きだすマツヨイグサは、地方によっては、ヨイマチ草とも月見草とも呼ばれる。秋は白銀《しろがね》の穂芒のなびく風も忘れがたい。

かつて、手つかずの原野だった大野岱には、終戦後の町村合併により、村の財産区より分割される土地の立ち合いで、何度か米代川を舟で渡った。春先の舟べりを洗う水嵩は意外に多く、私は舟のまん中あたりに、ぺたんと座って、黒い水面に目を移していた。

この原野の土壌は黒ぼくと呼ばれて、酸性度が強く、北西の季節風がまともに吹きつけ、不毛の地に近かった。杉苗を植林しても、翌年の春は風害で赤く枯れてしまう。

人の近づくことの少ないこの原野に、ひときわ鋭い声で鳴く鳥がいた。草原の野鳥ケリである。地べたに巣作りをするケリは、繁殖期になると、外敵に鋭い目を向け、犬であれ人であれ近づくと敢然と立ち向かう。天空ではキリッキリッと鳴いて、急降下するのは、まるで特攻のゼロ戦のようであった。

その後この原野に空港建設の話が持ち上がった。首都圏へは奥羽線や羽越線の寝台特急しか便がなく、北秋田の人々にとっては、期待される話である。

盆地特有の霧や、風雪の多い北秋田の地に悲願の空港が開かれたのは、平成十年七月であった。

二ツ井町、きみまち坂の下のトンネルを抜けて、空港道路へ続く蟹沢橋を渡る。五十年前の風景も、交通の利便性にも隔世の感がある。

一級河川米代川に架かるこの斜張橋は、空港へと通じる動脈的存在の道路で、右手に集落を望み、大館、小坂、鹿角と、青森県へ通じる高速路になる計画がある。産業や観光への橋渡しをしてくれ、住民の生活道路として、現在はなくてはならないものとなっている。

畠山町政の初仕事は、小阿仁川に架かる三つの木橋を、鉄骨の橋に架け替えた治水事業であった。弱冠三十三歳の決断である。それから四十四年、町政に残された足跡は大きく、北秋田の風土に深く根をおろし、発展して来た志の高さである。

旧合川町の北の高台に、大野岱ハイランドハウスがある。この休養型施設に畠山氏の筆による条幅が掲げられている。

「而今の山水は古佛の道現成なり」

道元禅師の『正法眼藏』、「山水の巻」にある言葉である。まさにこの大景にふさわしい山水経の世界。

森吉の山を遠望し、米代川の流れは西日を受けて輝き流れいく。

私も夫を通しての交流のあった方ではあるが、月見草の花の開く夕明りのなか、黄泉への道標としてほしい。

巨星墜つ野につきみ草月見草

「合歓」平成27年1月号

◇あきた県民芸術祭2014「あきたの文芸」エッセイ部門入選作品

芒野

今年の仲秋の名月は九月十五日。長く日照りの続いた空に、朱みを帯びた大きな月が、ぼうと山の端をはなれていく。かつて母になったばかりの私は、この時季の月を眺めては幼子の微熱のように物憂くおもえたものだ。

次第に中天に高く光る月は、竹取の翁媼に別れを告げて、月へ帰ってゆく「かぐや姫」の物語をひもとくようで、冷たいほどの輝きをもって夜も更けてゆく。

陰暦の八月十五夜を、「豆名月」。九月十三夜は「栗名月」と言う。豆や栗の実りに添ったのだろう。

私はこの日が来ると、いつも月の依代となる芒を折りに羽越線沿いの野道を歩く。休耕田は放置されると瞬く間に雑草が茂り出す。荒地を好む芒は、サーベルのような細く長い葉を伸ばす。「青芒」という季語にふさわしい眺めである。風の揺れにまかせて開くのを「花芒」と呼ぶが、白銀《しろがね》に輝く芒の波に立つと、なつかしさと、寂しさの入りまじった想いがしてくる。

かつて秋田大橋から見える川原の風景は、芒野が一面に広がって、雄物川の流れも太かった。対岸の十條製紙の工場の煙突は高く、今でも眼裏《まなうら》に残っている。「十條にあらざれば人にあらず」と言われたほど栄えていたが、昭和も晩年になって工場は宮城県石巻に移り、数多い従業員も転勤していったのだ。その中には平成二十三年三月の東日本大震災で、まさにその地で地震や津波の被害に遭遇した人たちもいたと聞く。運命はあやしく、やるかたもない。

茨島側の河川敷は、今はゲートボール場や遊歩道になってすっかり整備されてしまった。月に供える芒を折りに出かけた私は、山裾の雑草に交じって山萩やツリガネニンジンの紫、オトコエシなどの白い花に眼が移る。野道に根強く残されているのは、ノアザミである。しかしすっかり数は減ってしまった。

ミゾソバ、吾亦紅、河原撫子などを手に余るほど摘んだのは、二十年ほど前の秋の初めのころだったか。あの頃は、バッタ、イナゴなどは、一歩一歩と足を踏み出すたびに草むらのあちこちから飛び立ったものだ。秋の虫は稲の汁を吸っていたものか。農薬散布の影響だろうか。もう姿を見ることはない。

稲田は台風の風にも負けず黄金色の稲穂がまぶしい。日射しの当たる風のあまり当たらないところに白銀の穂芒を見つける。

家に戻って、月のよく見える窓辺に小さな座卓を据え大きな花入れに折り取った秋の草と芒を活ける。果物は梨に葡萄。茹でた青豆は、あおあおと鮮やかだ。お餅は木皿に盛り供える。

今宵の月の出の時間は、午後五時三十分と暦日にある。燭台にローソクを立てお神酒を用意して窓の外を仰ぐ。十五夜の月は、もうのっそりと山際を離れて薄ぼんやりと東の空に見える。しっとりとした大きなお月さんだった。

兎が餅を搗いていると想像した子どもの時は、そのように見えたものだが、アポロが月へ行ってからは、でこぼこのあばた顔とは情けない。

満月、十六夜、立待月、居待月、寝待月と歳時記にはあるが、月の出は一晩で四十分ぐらいずつ遅くなってゆくようだ。

月の宴をひとりで眺め、芒や秋の草花の趣に触れるのはこの地に住み慣れたわしさでもある。

後の月の十三夜、広面に住む八十歳の弟より「姉さんお月さん出たよ」と、電話の一報が届いた。

誰にでも、どこにいても眺められた十三夜。この月の十五夜をスーパームーンと新聞は報じている。

（平成二十八年九月十六日）

川は語り部

かつて「木都《もくと》」と言われた能代市で、吟行句会が開かれたのは、六月の末であった。会場は、能代公園の中にある松風庵である。

地元の俳誌『俳星』の主宰であった、石田三千丈の短冊が、いまも私の手許にあり、当時の能代の町並みが、ふっと浮かんでくる。

来る人の莨火《たばこび》ぽかと春の闇　三千丈

この公園には、俳星の大きな句碑が、世界遺産白神山地と真向かう位置に、どっかと据えられている。遠くへ目を移すと、米代川《よねしろがわ》に架かる能代大橋、市民病院の高く白い建物が、雄大な山々に抱かれるように広がり、町は大きく変貌していた。

一句を得ようと、見晴らしの利く四阿《あずまや》に腰をおろした。風の松原から続く松林は、風馴れのままに傾ぎ、次の新しい風が吹いてゆくばかりだ。

北秋田市に住んでいた、昭和二十年代の中ごろ、友人たちの誘いで、花火大会に出かけた。向能代のT子の家へ行くのには、米代川に架かる五能線を横切らなければならない。友人の一人は、鉄橋を渡るのが近道だと、真ん中に渡された細い板を、どんどんと渡っていく。あとに続いておそるおそる渡った。

いま、川に架かるアーチ型の能代大橋は、白神の稜線のままに、彼方まで登ってゆくようだ。足許に見付けたはまなすの実を素材にして、一句にまとめる。

白神へ湾曲の橋実はまなす

能代浜の砂地に根を張るはまなすの実は、連にしてお盆の棚飾りにする。朱色に熟した実は、印象に残る色彩ではあるが、もっと北秋田の原風景にちかいものが欲しい。

米代川は、遠く八幡平に端を発し、支流の長木川、阿仁川の注ぐ舟場あたりで、次第に川幅を広げ、緩やかな大河となる。北秋田市の大野尻《おおのじり》、蟹沢集落に沿って流れ下り、天神、小繋《こつなぎ》へと辿り着く。

一方、白神山地の太良峡《だいらきょう》、藤琴川は、奥羽本線のきみまち坂鉄橋の流れを出でて、原生林の色を沈める七座山《ななくらやま》の裾を、大きく左へ蛇行してくる米代川と合流する。水量は一層豊かに、深い山の色を抱くように流れる。

かつてこの川岸に天然秋田杉の生産地である天神貯木場があり、筏《いかだ》流しの基地であった。国有林の阿仁川流域で伐りだされた杉の丸太は、森林軌道で貯木場の土場に運ばれ、そこで検尺され、容積を計り、刻印を打つ。一本一本高く積まれる時、巻立て作業の短い声「エンヤラサー」は、働く男たちの作業唄となり、万緑の山の谺《こだま》となる。

そうして運ばれた杉の丸太は、この貯木場で筏に組まれる。土場から修羅落しにされ、川の淀みに集められる。熟練した男たちの技で、がっしりと組まれて杉の筏となる。

早朝、川霧の立ち籠《こ》めるなか筏師は右に七座天神の杜《もり》を見ながら筏を漕ぎだす。櫂の音のギーコギーコと共に、日本海へ注ぐ能代河口までの筏の舟旅である。

昔からの言い伝えに、十和田湖を追われた竜の八郎太郎が、七座の天神さまと力比べをした。七座山の天辺から、八郎太郎の投げた岩塊《いわくれ》は、天神荘前の川底に落下して、中石の渦となり、いまも、人を呑み込んでしまうとか。

この中石の渦をゆったりと左に舵をとり、土場の岸辺を離れ、山の張り出しを大きく流すのは、筏師の技量であろう。

米代川の川岸に住む村人は、先祖の時代から、胡瓜を食べないという。食べ物の乏しい頃、まして暑い時の胡瓜の味は格別のものなのに、なぜなのだろう。

当時の村人は、向こう岸へ行くのにも、渡し舟しかなかった。「おーい」と対岸の渡し守に声を掛け、やっと渡れるのである。それが洪水ともなれば、まさに命がけであった。村人は川の主、河童の好物の胡瓜を食べることを断って、川流れの惨事を免れようと「願かけ」をしたのである。

蛇行を抜けた筏は、二ツ井町を右に、山は明るい広葉樹林となる。流れはおだやかに、鮎釣りの人は、腰まで流れに身をまかせて竿を下ろす。

一場の夢のような川風に吹かれ、いつの間にか私は、川の語り部になっていた。

川は語り部筏舟唄とうに消え

こうしてやっと仁鮒鉄橋まで辿り着くのだ。しかし米代川河口にある筏の係留地までは、まだまだはるかな距離にある。

ふる里に遺したい筏流しの風景も、筏師の誇りある職業も、もう昔の語り草になってしまった。木都《もくと》として繁栄したころの能代市は、いまもあこがれに似た町である。

参考資料　『森を歩く　国有林ガイドブック』

２０１０年「とのぐち」第28号

◇あきた県民芸術祭２００９「あきたの文芸」エッセイ部門最優秀賞作品

解説・あとがき

解説
「透明な美」や「冬の響き」に耳を聡くする人
藤原喜久子 俳句・随筆集『鳩笛』に寄せて

鈴木比佐雄

1

藤原喜久子さんは一九二九年に秋田県平鹿郡角間川町に小貫六郎とユキ夫婦の長女として生まれ、秋田市内の小学校に入学し教育を受けた。けれども戦時中に国民学校校長だった父が朝鮮半島の慶尚南道の金海に赴任することになり、父に同行し韓国の小学校や後に晋州高等女学校に通うことになった。そのため敗戦を韓国で迎えたが、父の教え子たちの支援もあり、父母や五人の弟妹と混乱の最中の朝鮮半島から無事に秋田市内に引揚げることが出来た。十代の半ばまで植民地化された異国で暮らし、その国の人びとの素顔や固有の文化に触れた経験は、藤原さんの感受性に異質なものを受け入れる精神性を養ったに違いない。戦後はキリスト教系の聖霊高等女学校に入学し、保母の資格を取り、幼児教育にも関わった。秋田営林署職員で仏教哲学や芸術などの読書とクラシック音楽が好きな藤原興民と結婚した後は、夫の実家の北秋田市鷹巣町に暮らし、三人の子供に恵まれ子育てと姑の介護などに多くの時間を尽くした。その多忙な日々の中に、地元の五代儀幹雄が代表を務める「鷹の巣俳句会」や女性俳誌「ちちり」などで俳句を作り始める。その後、秋田を代表する俳人の手代木唖々子《てしろぎああし》が主宰する「合歓」の俳誌に参加し投句を続けている。手代木啞々子は秋田県仙北郡協和町稲沢に戦後になって開拓農として大阪から移住し、戦争中に廃刊せざるを得なかった俳句雑誌「合歓」を秋田の地で、一九五一年に復刊していた。その手代木啞々子の俳句に感銘を受け、生き方にも敬意を抱き、藤原さんは俳句の指導を受けていく。手代木啞々子は一九八二年に亡くなったが、その後も師の俳句を目標に研鑽を続けてきた。

藤原さんの自宅居間の色紙には、手代木啞々子の代表作「夕焼は艸負いかぶりても見ゆる」が座右の句として壁に掛けられている。啞々子は牛の餌とする草を刈り四十キロ近くの草を背負って歩き続けたが、そんな一日の労働を終える時だからこそ、「夕焼けの美」をより一層感じるという、骨太な詩的精神を感じさせてくれる。労働と芸術の境界を楽々と越えていく名句であろう。藤原さんは自らの暮らしの中で、自らの「夕焼けの美」を俳句や随筆で探してきたのであり、その成果が今回の俳句・随筆集『鳩笛』にまとめられている。

2

本書は二章に分かれ、一章は俳句で「1 緋の羽音、2 冬苺、3 青絵皿、4 万灯火、5 鳩笛」に分かれ、約五百句余りの句がほぼ時系列で四季に分類して収録された他に、手代木啞々子や他の俳人たちの句評なども下段に収録されている。藤原さんは半世紀にわたる創作活動で少なくとも三、四千句前後があるはずだが散逸した初期の頃の俳誌も数多くあり、今回収録した句は保存されていた「合歓」を中心とした俳誌の約千数百句の中から選ばれたものだ。

「1 緋の羽音」では、俳句の下段で手代木啞々子が短文ではあるが藤原さんの句の本質を貫く批評をしている。「地より湧く蟇は平たい声ばかり」について「平明なうちに蟇の鳴き声を的確に把《つか》んでいる」として、「平たい声」という音感を伝える表現力に「手柄」であると語っている。さらに「峡の蕗刈れば滴る水の色」という句など多くの句が「透明な美」であり「量感のこもった本筋の句」を詠っていると評言していた。この二つの評言によって藤原さんの句の理解はより深まりを増してくる。「1　緋の羽音」の句を読んでみたい。

秋ダリヤ伏しても奢る地の暮色
みそさざい新雪こぼす緋の羽音
雪吊りに冬の響きを持ちあるく

「秋ダリヤ」の句では、「秋ダリヤ」が華やかに咲き誇る様が「奢り」のように見えて、夕暮れの地で艶やかであると言う。「秋ダリヤ」が「地の暮色」に融け込んでいくようだ。

「みそさざい」の句では、雪景色の中でみそさざいが羽裏の緋色を美しく羽ばたたかせながら、羽音を鳴らす雪国の光景を「緋の羽音」と名付けた。

「雪吊り」の句は、雪の重みで樹木の枝が折れないように支柱を立て縄で枝を吊るし補強することだが、その縄を弦のように見たて、北国の寒さの「冬の響き」を奏でている。これらを読むと藤原さんの句には、豪雪地での暮らしの中で、雪国だから感じられる美を少女のような繊細な感性で詠まれていることが分かる。風景の発見は、「地の暮色」「緋の羽音」「冬の響き」などの「透明な美」を宿した言葉となって生み出されている。

「2冬苺」では、つぎの三句を読んでみたい。

火と水の祭二ン月の女文字
かまくらをくの字に出でて月仰ぐ
狼煙台空耳の日の黄砂降る

「合歓」顧問の須田活雄は「火と水の」の句について、下段の句評で「二月或る日の悴《かじか》んだ手に書く文字は、あきらかに母の文字」であり、「ときには情炎の文字」になると言い、「生活へ挑む強靭さ」をこの句から受け取っている。春の季語の「二ン月」だが、秋田のまだ寒い二月の「火と水の祭」を告げる「女文字」のしなやかな強さを詠いあげている。

「かまくら」の句は、身体をくの字に曲げてかまくらを出て空を見上げると、冬の月が冷たく光るのを眺めてしまう。「くの字にでて」という表現には、若々しい美しさが込められている。

「狼煙台」の句では、黄砂の降る異国の地で狼煙台に登り、敵の来襲を知らせるために狼煙をあげた昔の人びとの立ち働く姿や音がどこからか感受されたのだろう。

「3 青絵皿」では、下段にこの「青絵皿」が平成十六年度合歓年間賞を受賞した時の言葉が収録されている。それによると金子兜太の俳論集『今日の俳句』を繰り返し読み、そこに引用されている多くの俳人たちから学んだという。その中には「海程」同人でもあった手代木啞々子の「乾く橇鳴咽はいつも背後より」も収録されていて、師から自然や生き物から心を感じ「耳を聡くする」ことを学んでいたと語っている。その意味では藤原さんは金子兜太の孫弟子であると心密かに思っていたのだろう。

朝のバロック白鳥渡りくるように
台風の半円に居て青絵皿
冬欅空掃ききった樹木力

「白鳥渡りくる」や「台風の半円」や「空掃ききった」など自然音や生活音に耳を澄まして、そこから純粋な旋律を聴き取り、俳句の中に豊かなイメージとして転換させようとしているのだろう。

「4万灯火」や「5鳩笛」の句は昭和六十一年から平成二十九年までの句の中から選ばれたものだ。特に私の心に刻まれている十一句を紹介したい。

二ン月や発光の瘤にせあかしや
生き死にのことには触れず種袋
さくら咲く雄物よねしろ子吉川
わだばゴッホ花わっと咲く母郷行
啞々子以後沖見るごとの童唄
料峭の次の間こけし総立ちに
白鷺は泥田を歩く吾《あ》も歩く

弱音吐くことも力よ紫苑咲く
月蝕は赤銅色に夫を呼ぶ
家中をふるさとにして盆用意
父母の昭和遠しや雪しんしん

秋田の春は遅く、梅や桃や桜の開花は五月になってからだ。暦の上の春でも冬の寒さが続いている。それゆえに二月のニセアカシヤの葉の蕾は、まさに「発光の瘤」という春を先取りのような思いなのだろう。藤原さんの俳句は、生きることの願望や挑戦、自然や人びとを慈しむ心に満ちていて、それが俳句的な直観に促されて自然体で記されている。例えば「種袋」、「さくら咲く」、「わだばゴッホ」という棟方志功の言葉、「童唄」、「こけし総立ち」、「吾も歩く」、「弱音吐くこと」、「夫を呼ぶ」、「家中をふるさとにして」、「雪しんしん」などの表現は、北国でしか生まれなかった独特の味わいがあり、それゆえに読む者に自らの故郷の記憶を呼び起こす普遍性が宿っているように私には感じられる。

3

藤原さんは「とのぐち」という年に一度発行の同人誌に随筆を長年発表してきた。随筆の章には、八十編が収録されていて「1 家族、2 ものの味、3 青葉の旅、4 鳩笛、5 秋田の自然と街並み」の五つに分かれている。随筆とは、自分の見聞、体験、考えを自然体で記すことだが、その文章に作者の暮らしの美意識が宿っていて、読者にそれが生き生きと伝わるとすれば、作者には読者を惹き込む文体が存在していることになる。随筆とは暮らしのリズムであり、それを体現した言葉の芸術であり、作者の生きる姿が文体と化すことなのだろう。藤原さんの随筆を読むと、戦後から今に至る秋田県北部の暮らしの細部が、藤原さんの感性を通して実感できる思いがしてくる。東北地方や秋田県を知ることのない多くの人びとにとって、これらの随筆を読むことは、秋田の文化史に触れる体験にもなるだろう。

「1 家族」は、家族との様々な思い出が記された十九編だ。冒頭の「雪の家」は、「夫はこれからの新しい生活を始めるために、家の一部を改装して私を迎えてくれたのです」と結婚し鷹巣町に暮らした時から語り始める。豪雪の季節がやってきても、「でもどこか明るいのは雪明りのせいでしょうか」と明るく切り返していくのが藤原さんの持ち味だろう。四十雀、みそさざい、啄木鳥、アカゲラなどの鳴き声を聞き分けるようになり、野鳥たちと対話をしているかのようだ。

その他には「百万遍」では、「春彼岸のころ、女たちが寄りあって大きな数珠を、十人も十五人もで繰り回し、はやり病を追いだす、百万遍」という地域の風習を紹介する。「赤銅鈴之助」では、隣家の火事の恐怖が残る中で、娘が「赤胴鈴之助を力いっぱい歌った。つめたい朝の空気のなかで家族は一瞬われに返った」と小さな励ましを想起する。「蚊帳」では、入院中の母の枕元に弟が「あきたの家の虫のこえだよ」と庭の虫の鳴き声をテープで流したという。母への素敵なプレゼントになったと思われる。「花野行」では、「豪快な笑い声の持ち主であった」義母が亡くなり、実の母も病室で亡くなり霊安所に安置され「看護疲れの妹たちに帰宅してもらい、柩の母と私だけになった」。そして「香をたき灯明を切らさぬように、お水をしばしばあたらしいのに取り替え」、「一人で母の通夜をしたのである」と苦楽を共にしてきた母を見送るのだった。

その他の随筆も家族・親族の素顔がさりげなく記されていて、大事なメッセージが鳥や昆虫や自然音を通して物語られている。

さらに「2 ものの味」二十編では、秋田の風土の中で生まれてきた食材や料理や民芸品などを詳しく描写されていて、秋田の暮らしの細やかな豊かさが伝わってくる。

「3 青葉の旅」十一編では、俳句や随筆の仲間たちと主に東北の他県に小旅行をしたことや、家族との旅行を記したものだ。紀行文ではあるが異郷を見るように新鮮な驚きがある。

「4 鳩笛」十一編では、藤原さんの「耳を聡く」する経験が発揮された、鳥たちとの対話をしている随筆だ。タイトルにもなった「鳩笛」は、息子と夫への鎮魂の思いを、家族と聴いた多くの鳥たちの鳴き声を通して語ったものである。「やがて平成二十七年、夫も寿命を果たした。／春が訪れると、鳩の声が空耳のように聞こえる。光の春は、なんとしずかでなつかしいのだろう。」という藤原さんの悲しみを抑制した表現が心に沁みてくる。

「5 秋田の自然と街並み」十九編では、秋田の自然の厳しさや四季の美しさだけでなく、天変地異の恐ろしさも含め故郷を語り、また秋田の街並みや歴史的な建造物やかつての暮らしぶりなどを語り部のように伝えていて、故郷の意味を読者に問いかけてくれる。

藤原喜久子さんの俳句と随筆は、秋田県の人びとにしか読まれる機会がなかったが、この『鳩笛』によって「透明な美」や「冬の響き」などが多くの人びとの心に刻まれることを願っている。

あとがき

独り暮らしになって、とまどいのなかで月日を過ごしている間に、はや三回忌がめぐって来た。家族と一緒に過ごした家は、広いわりにはほっこりとした静けさである。長押《なげし》から見下ろされている遺影だけが、いまだ場違いのようである。

東に太平山、西に日本海を臨む水平線が、夕茜に染まってくる。長い間北秋田の盆地で暮らした夫は、この地の海からのオゾンを含んだ空気が、躰の節々の痛みを和らげると語っていた。秋田市の地所を求めるには余生への計画でもあったのだろうか。田圃《たんぼ》の向こうの低く連なる山を、大和三山である畝傍山《うねびやま》、耳成山《みみなしやま》、香具山《かぐやま》に似通っていると言い、庭伝いに長靴で山歩きが続いた。雪消えと共に萌え出す蕗の薹《とう》、西向きの窪地では堅香子《かたかご》の花が群落となった。

ここでも、北秋田の地と同じように、山鳩を飼って暮らした。

引っ越して来て四十余年、「合歓」の主宰であられた手代木唖々子《てしろぎああし》先生、夫人の胆振《いぶり》かよ様、そして多くの先輩や誌友には、身を律するような細やかなお導きをいただいた。

　うぬぼれを少しください葉鶏頭　　かよ

協和町稲沢の地で、百歳の天寿を全うされたかよ夫人の作品は胸に残る。

秋田の方言で入り口のことを「とのぐち」と言っている。一関吉美先生は、この随筆の会「とのぐち」の初代の指導者で、月例会の講話で「念ずれば花開く」のお言葉をいただいた。お声が低くなっていったので、耳をますますように聞いたなつかしさがある。

　俳句も随筆も手探りに近く、諸先生や誌友の皆様との交わりの中からお力を賜り、一冊の著書をまとめる余生を頂いた。ありがたいご縁であった。

　自分らしい句や、納得のゆく風土のにじんだ言葉への模索は、まだまだ続いてゆく。

　手元にある「合歓」を中心とした俳誌と、随筆誌「とのぐち」の中から、コールサック社の鈴木比佐雄氏が作品を編集し解説文を書いて下さった。

　俳句の細かな配列や校正は、編集者である孫の鈴木光影さんが行ってくれた。随筆の校正は、次女で小説やエッセイを書く福井明子さんが丹念に見てくれ、大扉挿画、親子鳩の鳩笛は、孫の中村香菜子さんに、やさしく描いてもらった。カバーの装丁は好みの刺し子模様を使って、デザイナーの奥川はるみ氏に作成していただいた。

　雪の降りしきる終日、一針ずつ針をはこぶ刺し子模様は、麻の葉、青海波《せいがいは》、七宝《しっぽう》などと忘れがたく、手仕事の大切さを思い返している。

　この秋も庭に佇つと、曼珠沙華がすっと茎を伸ばし咲き揃っている。夫が好んで植えた木々や花、野の花に囲まれて、ひそやかな時間が過ぎてゆく。

　この本の上梓にあたり、ひとかたならぬご支援をいただいた皆さまに感謝申し上げます。

平成二十九年　秋　　　　藤原喜久子

著者略歴

藤原喜久子（ふじわら・きくこ）　本名　キク

1929（昭和 4）年 9 月 9 日　秋田県平鹿郡角間川町で生まれる。

1936（昭和 11）年　秋田市保戸野尋常高等小学校入学。

1942（昭和 17）年　朝鮮・慶尚南道二班城小学校卒業、晋州高等女学校入学。

1948（昭和 23）年 3 月　秋田市・聖霊高等女学校本科卒業。

1951（昭和 26）年　藤原興民と結婚。北秋田郡鷹巣町坊沢に暮らす。

1978（昭和 53）年　秋田市新屋に転居。

あきた県民芸術祭 2009「あきたの文芸」エッセイ部門最優秀賞。

あきた県民芸術祭 2014「あきたの文芸」エッセイ部門入選。

「合歓」同人（昭和 54 年）、「とのぐち」元会員（昭和 58 年入会）。

〈現住所〉　〒 010-1645　秋田県秋田市新屋田尻沢西町 15-28

石炭袋

藤原喜久子 俳句・随筆集『鳩笛』

2017 年 11 月 3 日初版発行

著者　　　　　藤原喜久子

編集・発行者　鈴木比佐雄

発行所　株式会社 コールサック社

〒 173-0004　東京都板橋区板橋 2-63-4-209

電話 03-5944-3258　FAX 03-5944-3238

suzuki@coal-sack.com　http://www.coal-sack.com

郵便振替　00180-4-741802

印刷管理　（株）コールサック社　製作部

＊大扉挿画　中村香菜子　　　＊装丁　奥川はるみ

落丁本・乱丁本はお取り替えいたします。

ISBN978-4-86435-315-1　C1092　￥2000E